熟悉的陌生人

THE MOST FAMILIAR STRANGER

宁新路◎著

中国财政经济出版社

图书在版编目（CIP）数据

熟悉的陌生人/宁新路著．—北京：中国财政经济出版社，2015.12

ISBN 978-7-5095-6498-1

Ⅰ.①熟… Ⅱ.①宁… Ⅲ.①随笔-作品集-中国-当代
Ⅳ.①I267.1

中国版本图书馆 CIP 数据核字（2015）第 286076 号

责任编辑：樊清玉　　责任校对：张　凡
封面设计：王　斐　　版式设计：康普宝蓝

中国财政经济出版社 出版
URL：http：//ckfz.cfeph.cn
E-mail：ckfz@cfeph.cn

社址：北京市海淀区阜成路甲 28 号　邮政编码：100142
营销中心电话：010-88190406　北京财经书店电话：010-64033436、84041336
北京财经印刷厂印刷　各地新华书店经销
880×1230 毫米　32 开　8.625 印张　200 000 字
2016 年 3 月第 1 版　2016 年 3 月北京第 1 次印刷
定价：28.00 元
ISBN 978-7-5095-6498-1/I·0133
（图书出现印装问题，本社负责调换）
质量投诉电话：010-88190744
打击盗版举报热线：010-88190492，QQ：634579818

序一

精神和人性本质相融合的大美体现

石　英

当下散文的发展形势很兴旺，散文作者及作品可谓汹涌澎湃，有目不暇接之势。在这种情势下，人们有理由要求不仅是数量甚至也不是一般意义上质量的充分满足，最主要的是：有出息有造就的散文作家们能够创作出有其独具特色，至少在某个方面有突出优长或新的突破的作品。如此才会给人以耳目一新之感，读起来“过瘾”有味儿，至少不致产生“审美疲劳”之弊。

而宁新路同志就是这种有优长、有特色、有新成就的散文家，他的许多作品都鲜明地体现了这一点。

从本质上说，新路的散文文学观可以概括为：真善美的强烈追求者，淳厚乡情的坚守者，时代精神和人性本质相融合的体现者。在他的散文作品中，贯穿着对善美事物的无限钟爱与对丑恶现象的由衷厌憎。我印象极深的是名曰《黑的白的》

这篇取材和角度均为不俗而剖析又极透辟的文字。乌鸦和喜鹊，这两种人所常见在民间早已定位的鸟族，按说已无多余的话可说，但新路仍然从中挖掘出了新意和深意。为什么？我觉得这源自于他观察的细致、思考的别致尤其是好善憎恶的内在“基因”，借两种鸟族、两种形象给人的感觉做了非同一般的抒发，因而令读者不觉得老旧而对作者的“发现”与“发掘”由衷钦服。

新路可谓是一位具有正直品格的作家，他的作品诠释对中华民族传统美德和淳美人性的尊崇与坚守。坚守并非保守，正气犹如信仰。他清醒懂得丢掉该坚守的东西无异挖掉精神的基石，扬弃淳美的人性必然沦为无根的飘蓬。与之同时，新路在创作思想上充满时代精神，在创作方法上历来有一股子探求创新的“拧”劲儿。也许是命运使然，他从村庄到了省会，又从省会来到都城，强烈的责任感和上进心促使他一直钟情于事业，尽可能优异地完成自己所承担的工作任务。确切地说，他的文学创作一直是在业余时间见缝插针，惜时如金。生命与时代同步，作品主调紧扣生活节奏，可谓时空光影的出色见证者。然而，他总是善将时代精神与人性的本质相融合，使社会生活中正能量和负面因素不致混淆，以明晰的头脑对不同的色泽、不同的声音进行理性的抉择与取舍。根据自身的情况摆正位置，作出自己应做的贡献，在相当的程度上实现自身的价值。他说：

“这同样可以用到做人的选择上。中心的位置和空间是有限的，中心吞不下那么多的人，中心没有那么多位置，中心太闹太吵太挤，大部分人都会是边缘。边缘，又有什么不好呢？中心有太多的喧闹，边缘有太多的清静。人最大的不幸是，进入中心却在中心的边缘，身在清静边缘却向往中心喧闹。人最大的幸运是，中心的边缘最清静、最安全，边缘的中心最舒心、最自我。”（《边缘》）这是一段极典型、极富代表性的语言。辩证、智慧、积极却又识进退，而且别具意趣，颇富魅力。

由此便联系到新路散文的结构方式与艺术风格。以他甚具代表性、发表于《中国作家》的《迷雾里行走》（散文十篇）为例，它们无不是表面随意，内质严谨；语见俏达，实则深沉。可谓融叙事、陈理、抒情于一体，宏观布阵与微观的无缝对接，读之曰爽、浓、劲、味、刺等诸种感觉应约齐集，非短时率尔成章，乃久孕厚积一朝吐露也。我之所以言其为“吐露”，而不是常用的“喷发”，是因为作者的总体风格从来不以“快餐”见称，而重在“琢磨”，细嚼慢品，自有厚味。应该说，每篇都对得起生活，对得起读者也对得起自己。真正的为文者，自己还没品出味道来，便硬叫别人去品滋味，那怎么成？

在这种总体风格中，有一个不能不说的突出特色，那就是俏皮中的讽刺，并不剑拔弩张中的揶揄与不屑，本质上是由正气垫底的锋锐之语。仅举二例：“在某种层次的人士面前，那么忙碌，那么躁动，那么殷勤，那么谦卑，频频敬酒，不厌其烦说恭维话、热情话，从官小的人的殷勤、谦卑里，让人家感到他不知是谁，他已找不到自己了。”（《迷雾里行走》）。另如：“背着手走路，背着手睡觉，除了没有用心之外，还可以治疗驼背、颈椎、腰痛等不良杂症什么的，但背着手治病可以，而背着手睡觉，那是绝对睡不着的，那样双臂会麻木和疼痛难耐，不信试试。”以调侃方式阐发人生哲理，是一种大幽默。

以上序文，也可以说是我的读后感。这还不是仅就新路近作而言的；事实上我一直在注意他的散文创作，在他不断发展创新中获得愈来愈明晰和深刻的印象。借用小平同志在改革问题上的一句名言“发展是硬道理”，用在此处也很适合。我觉得。

2015 年 8 月 17 日

（石英，著名作家。中国散文学会名誉副会长，《人民日报》原文艺部副主任。出版散文、诗歌、小说等作品 70 余部，达 1000 多万字）

序一

抒情不腻说理不僵　情景交融收放有度

柳　萌

眉清目朗身材敦厚的宁新路，是我过从较多的文友中，颇具亲和力的一位“忘年交”。说话慢条斯理，做事一板一眼，跟他相处心里踏实，绝不会坑你骗你，更不会冷不防从背后拍砖。用句时尚话说，真的“够哥儿们”。

集中读了他多篇散文方知，我的认识并非很全面，这位憨直的西北汉子，健壮筋骨中竟然藏匿着似水柔情，坦露纸上的性格更为从容。常言的文如其人，其实并非单指外表，更是性格和内心。尤其是散文文体，你是怎样一个人，就会写出怎样作品，很难掩饰和藏匿自己。宁新路的散文，抒情不腻，说理不僵，情景交融，收放有度，有种思想和感情并茂的质感。好读、耐读，有嚼头。从中不难读出，外表沉稳的宁新路，内心竟然激荡如潮，含蓄文字背后有真性情。真人不露相，文字难掩真。

《迷雾里行走》这组短文，夹叙夹议，有嘲有讽，含而不露，可视为通常的随笔却更极富散文文采，可当做通常的散文却更有杂文思想，是属于真正宁新路式的文字，读来饶有兴趣和味道儿。从这组文字中可以看出，宁新路是位有社会责任感的作家，关心底层人群，注重人间冷暖，把观察和体恤的各阶层生活状态，用略带幽默的文字有情有贬地表述出来，读时轻松，想时沉重，我认为是值得读者重视的作品。比如《边缘》和《迷雾里行走》两篇，都是写普通人与大都市关系的，由于社会结构和所处地位的迥异，乡间小人物面对城市生活和高官、富人、名位，所表现出的那种向往、渴望、羡慕而又彷徨、惆怅、无奈情绪，写得准确清晰，非常到位、非常精彩。像《边缘》中写的“人最大的不幸是，进了中心却在中心的边缘，身在清静边缘却向往中心喧闹。人最大的幸运是，中心的边缘最清静、最安全，边缘的中心最舒心、最自我。”没有真切的体察和思考，绝对写不出这样的文字。近读邵燕祥先生的《一个戴灰帽子的人》，书中说的“城市人没有故乡”，让我苦思多日才似有所悟。追寻城市人的宗根，起码三代以上的人，大都是来自乡野村间，所谓的家乡某城市，仅仅是个出生地。如宁新路所说：“潮水般的人几乎每天涌进，而潮水般的人中留下或能站住脚的，只是些浪花或脚带钉子的人，而潮水般的人怎么来的又怎么潮水般地离开了。”这样的人在城市无论混迹多久能说城市是故乡吗？难怪逢年过节都不辞辛苦地，兴冲冲地往各自的来处奔。真正的故乡应该是，语音相同，风物相似，饮食相近，老宅有根，邻居有史，即使远走他乡多年，再回来都能续上乡亲的感情命脉。城市人则不同，语音南北西东，饮食酸甜苦辣，邻里不相往来，似萍如絮无根。邵燕祥和宁新路二位，从不同的视角悟出这点，在今天很有现实意义。城市人没有什么好骄傲，农村人没有什么好自卑。无非是“在官位、金钱和名气三大强力磁场里”，少数城市人因拥有这些而显得“头晕目眩”，一旦失去这些拥有，在人格和尊严上与农村人完全无异，都是饱食人间烟火的普通人。

今年恰逢抗日战争胜利70周年，写抗战题材的作品比比皆是，就我阅读视野所及，大都是大角度正面书写，宁新路《相思树》则写一位新婚妻子，植树寄相思等待远征夫君归来，歌颂普通人的坚贞爱情和爱国情怀。故事非常感人。它让我想起苏联诗人西蒙诺夫在第二次世界大战时期写的那首脍炙人口的诗歌《等待着我吧》，据说当时许多红军战士怀揣此诗，斗志昂扬地奔赴抗敌前线。宁新路这篇《相思树》散文，尽管发表在和平时期，联想到战争的惨烈，感受主人公的思念，依然有着强烈震撼力。这也正是抗日战争时期，无数普通中国妇女“母亲叫儿打东洋，妻子送郎上战场”真实而生动的写照。值得称道的是，这篇散文的文字，凄美情深，真挚感人，特别是结尾段落：“院里相思树发枯了，叶掉了，花落了，看样子这棵树很快就会老枯了。老人早料到了树的生命周期，院落里栽的小树枝头，已叶茂花开了。这是新栽的多少代树了，她也记不清了。树还是朝东南，花儿还是朝东南开。朵朵粉里透紫的花儿，张着小口，像是在向远方呼唤。”寥寥几笔，意境深远，思绪绵长。留下的袅袅余音令读者心头发紧眼发酸，不由你不痛恨那场战争，珍爱和平生活的可贵。

宁新路还有几篇写树的散文，如写柳树的《柳母》，写槐树的《槐念》，大都是以物寓人，情景交融，朴实而深情的文字同样令人感动。作者在《柳母》的开头写道：“柳的韵味，是女人的韵味；柳的神态，是女性的神态。”这概括的比喻，如同普通柳树，平常得随处可见，可是，还未容你想象出比喻什么，作者突然笔锋一转：“我在柳下长大，记事时知道的树，是柳树，至今迷恋的树，是柳树。柳的妩媚与柔情，恰是母亲那纯朴与慈祥的神形。”噢，原来主要是写母亲。接着作者细致入微地交替着，写对母亲和柳树的深爱、欣赏与感激，既提升了柳树的伟岸，又赞颂了母亲的圣洁，母亲和柳树的品性都达到了高度。因此，作者在与开篇相呼应的结尾处说：“柳叶的蜜甜浸入我心脾，柳的样子与母亲的样子形成了一个样子，深深印在了我情感深处。不管我走到哪里，每当看到老柳，就好像看到了母亲的样子，总想舔一口那柳叶上诱人的糖蜜。”写母亲和写柳树，内容收放适度，文字散而不溢，是篇写母亲的别样散文佳作。另一篇《槐念》也写到了母亲和故乡，细细品读也蛮有韵味儿，从中可以感受作者那份深情厚爱。

《香香》是写初恋情人的散文。真应了那句话了：情人眼里出西施。情人香香在作者眼里是什么样呢：“小脸和那一身碎花裙子，被血阳染得红艳艳的，天仙下凡般美丽。”嘿，好一个多情的宁新路，时间过去许多年了，如今想起情人香香，还是这样心牵魂系，可见那是一段多么诗意的绵绵恋情。作者文中写道：“她好不容易瞅我爹妈出门了，一阵风似地飘进了我家”，一个“风”字，一个“飘字，就写出香香害羞、激动、紧张、忐忑、焦灼、思念的心境和神态，初恋情人幽会的隐秘情景淋漓尽致地跃然纸上。至于为何钟情香香姑娘，作者大胆而真诚地坦露心迹：“我喜欢香香，我不仅仅喜欢她的漂亮，更喜欢她的义气。有一件事情，至今让我很感动。我当兵前，当村会计，骑自行车是常事，有两次，我的车铃被别人偷了，她替我着急，结果一次又一次她把她哥的车铃卸来，安到我的车上，搞得她哥到处找车铃。我觉得她义气，是个终身可以依靠的女人。”情有根意有缘，真有爱情基础，而不是一时欢愉，这就给作者初恋增加了厚重、健康、美好的感情色彩。理智而不是冲动地书写感情历程实属不易。

我想说说宁新路的游记散文。游记散文易写不易写好。写得太实失灵动，写得太飘显轻浮，处理好情与景的交融，并提炼出亲历者思想，文章才会既有外形又有魂魄。以我欣赏游记散文尺度，景不枯，情不烂，思不浅，文不涩，这才是游记散文的高手。宁新路的《芦笙舞之夜》，写得情景清丽，充满诗情画意，可以看出作家驾驭游记散文的功力。

我前列腺疾病不能久坐，坐坐走走，写写停停，总算把这篇小文章写成。

2015 年 9 月 29 日

（柳萌，当代著名散文家。著有数十部散文随笔作品集。多部作品获文学奖）

目录

一、对你无话可说

二、坠入莫名的状态

三、没有回应的询问

四、无法送到的花朵

五、我不知道我是谁

一、对你无话可说

1. 迷雾里行走

走在这人山人海的城市里，被人流淹没得好比虫子、蚂蚁般渺小。要是不把自己牢牢地记住，会一时想不起自己是谁；要是不把自己牢牢地盯紧，转眼间会找不到自己。这就是自我迷失的感觉。

这人海里，人不同于那庄稼地稠密的高粱、玉米、小麦，它们虽有高低，而在一块田里却是一个身份、级别、地位、贫富。可人在这人海里，虽五官、四肢谁都比谁不多什么，虽都是吸空气、吃五谷的人，看上去人跟人没啥两样，实际上身价、地位和金钱，却悬殊得天上地下。

在京城，不要想自己的官有多大。用一句调侃的话说，不来京城，不知道自己官小。北京满街净是官，官有多少？用侃爷的话说，往人堆扔一块砖头，准会砸倒一大片局级、处级干部。这也许有夸张的地方，事实上在京城局级、处级干部"遍街"，不为夸张，至于科级干部，用夸张的话说，得在局级处级人堆里拿放大镜找。因而，你走在京城街头，一定不能看重你是哪级干部，你的官再大，也大不过京城的官，你的官再大，也大不过中南海的官。在这个城市行走，最好不要显耀自己是个什么官，只有两个字形容自己比较确切，那就是"渺小"。所以，我在这个城市的人海里穿行，常会感到渺小得不知道自己是谁。

让人渺小得不知道自己是谁的缘由，来自官位、金钱和名利。它像飞奔在空气里三个巨大勾人魂魄的托盘，人人都想挤上去。挤到托盘中心的人，风光耀眼、富贵荣华，好不让人羡慕。于是，总有许多人，在竭尽全力追赶这个飞转的托盘，而总有许多人追赶不上，也挤不到最好的位置，反而使自己迷失得如坠云里雾里，找不到自己。那种感觉，是随时随地会出现的。

偶然聚会，有朋友轻易请来十几位官员。有部级、有局级，有少将、有大校，处长成了最小的官。这么多、这么大的官“哗啦啦”来了一大溜，可想这个城市的大官有多少。让人感慨的是，即使处长这级官，在老家那个地方，也是很大的官了，可在这里算不了什么。在这么大、这么多官面前，官小的堆笑脸给官大的一杯杯敬酒。在大官面前，那么忙碌、那么躁动、那么殷勤、那么谦卑，频频敬酒、不厌其烦地说恭维话、热情话。从官小的人的殷勤、谦卑里，让人感到他不知是谁，他已找不到自己了。

在一个城市行走，尽是宝马、奥迪等高档车。开着这么名贵车的人，都是有钱有身份的人。都说“不来这个城市，不知自己的钱少”一点儿不假。聚会，一桌坐十二人，有存款几千万的，有身价几亿元的，三分之二是富人。这是巧合，还是这个城市人群的现实？是巧合，也是现实。在这么多有钱的人群里，你会立马找不到自己的位置，找不到自己的价值。有钱的人太多了。他们的钱多得使你想象不出来。他们那么其貌不扬，那么年轻，那么有钱，钱多得让人汗颜。他们的钱是从哪儿来的，用什么办法挣的？只能猜了。

参加一个沙龙，几十号人净是名牌大学毕业的，且十有八九是硕士、博士学历。你忽然发现身边高学历的人，不知从哪里冒出来的，本科学历倒“稀罕”了。在这群人中，你感觉你比别人矮了一大截。你深感你不考硕士、博士，你跟他们再无法玩下去。你感到了渺小，你感到找不到自己。

相聚，即使同乡、同学，也会以级别排坐。聚会排不排座次，实际上座次早已排在人们的眼里了，官大的、有钱的，毫无疑问是得到笑脸最多的人，当然还有当年的校花、美女。

现在更多聚会上，人们很少有谈兴趣、谈文学、谈名著、谈艺术、谈音乐，更多的人谈的是官、钱、女人。谈这三样基本成了当今社会主流人士张口闭口的话题，也成了他们子女、亲朋好友听习惯了的话题。

如今即使亲戚、朋友间办事，也要提钱，不提钱似乎是不懂事，也成为习惯和风气了。往往是，亲朋好友间办事，没利益“润滑”，好事常常也会“搁浅”。你感到，这个社会许多事不能不用钱说话，好像语言是非常苍白的。

在官位、金钱和名气三大强力磁场里，人们被它吸得头晕目眩。这个强力磁场，是超常的磁场，它强力吸引着有欲望的人。所有有欲望的人，都会情不自禁地挤向这个磁场。这个磁场的路很窄、很陡，像羊肠小道，像云霄峻岭。越往深走，越往高攀，越陡、也越高，没有体力的人，没有耐力的人，是挤不到这个磁场中心的。

在一个级别、一个位置上坐了几年、十年，甚至更长了，猛然抬头一看，竟然有那么多比自己资历浅、年龄小的人比自己的职务和职称高出一大截。面对不堪多想的现实，那种渺小的感觉窜上心头。而这种感觉随着职务和级别的“原地踏步”，会感觉雾蒙蒙地一时找不到自己。

一时找不到自己的感觉的事，远远不止这些。因为欲望是多姿多彩的，诱惑是五彩缤纷的，在两者之间，平衡点在哪里？也许是平静，也许是顺其自然，也许是少欲和无欲。

其实一切都是种感觉，荣耀和富贵是快感，痛苦和失意是伤感，无论是快感和伤感都是心底产生的。少点儿伤感，会少点儿迷失。为什么要把有些东西、有些事情看得那么重呢？怀有这么沉重的心思，怎么会找到自己。迷雾里行走，多浪费时光。

2. 不经意间

我想起了不经意间这个词，发现它了不起，它不仅贯穿了人生的重要阶段，也导演了人生的很多重要片段。人的命运，人的幸福，人的灾难，人的许多重大事情，在大多情况下，是在那不经意间抉择的、创造的、酿就的。想起不经意间形成的一些事情，有甜蜜的、幸福的、快乐的，也有苦涩的、痛楚的、懊悔的。

我们的生活和命运，往往就是由于不经意间的某种巧合，让其发生了根本转变。在我们每个人的生活和命运中，不知会列举出多少不经意间的事情来，有相同的、不同的、奇特的、光彩的或丑陋的，无论这不经意间的所为导致了什么样的结果，而事物的规律大多是相同的。比如婚姻、家庭，比如命运、机遇，比如富有、贫穷，比如生病、死亡，更多的不同的人，在不经意间演绎着同样的故事。

不经意间认识了一个姑娘，与她有了来往，与她产生了友谊，与她产生了爱恋，结果与她结婚了。在情网中的姑娘深情地对情郎说，我们怎么会在不经意间认识了呢，那可是上天把我们配在一起了。在爱河中的小伙激动地对姑娘说，我们不经意间成为天生一对，是缘分啊。这不经意间，从此成了一对男女心中神秘莫测的天使，成了理所当然结成夫妻的理由，也成了两个人解释不清楚的一种现象。婚姻就从这不经意间开始了，于是，又在不经意间有了怀孕，有了孩子。看看，与那个姑娘相识、结婚、生子，人生中这么大的事情，竟然都是在不经意间降临的。

不经意间在一张表上签了自己的名字，不料被通知体检，不料被批准入伍，不料很快穿上了军装进了军营，成了一名军人。这牵扯人生命运转折的大事，这在同伴付出了巨大周折才得以梦想成真的事情，他却只是因不经意间的签名，便顺利成为了现实。直到穿上军装，他还不相信这个曾经梦寐以求的现实是真的。他没有想做一个文人，不经意间写了一篇稿子投到了报社，却被登在了报上，却被领导发现选拔到了机关，却被送到了军校，却成了一名军官。这在别人渴望不及的事情，竟是因他不经意间的一篇稿子实现了。他这人生命运中的两大转折，竟是在不经意间实现的。这仅是一个军人不经意间的事情，这样的事情，同样发生在许多人命运的转折上。

不经意间赚了一笔钱，买房，购车，从“蜗居”的斗室搬进了宽敞的新房，从拥挤的公交车换成了舒适的小车。就因为有了这笔财，为钱而常常脸挂霜色的妻子当即喜笑颜开，婚姻由严冬变为春天；就因为有了这笔财，全家从此结束了挤在陋室痛苦难耐的日子，老人孩子由愁脸变笑脸。面对新居、私车和存款，妻子兴奋而疑惑地说，这是真的吗，这日子？丈夫大声而自豪地说，难道不是真的吗，这房和车？

这是我的一位朋友生活和命运中的几件大事，不经意间的幸运让他有了很好的前途，有了很好的生活条件，过上了体面而富有的小康生活。我朋友不经意间的生活的幸运，也是不少人的幸运。

不经意间给我们的生活和人生带来了好运，不经意间也让我们的生活和命运进入尴尬和苦难。

不经意间的疏忽，丢失了一次关乎事业、发财、幸福的绝好机会，这样的机会也许一生中就仅仅这一次，使我们事业和人生充满了坎坷、贫穷和艰辛；不经意间的差错，失去了一个岗位、职务，失去了一份报酬、待遇，使我们从希望的台阶坠入了困惑的境地；不经意间的一句话、一件事，得罪和伤害了别人，使我们失去了信任、尊严、友爱、帮助；不经意间的大意或意外，患上了疾病，受到了伤害，使我们付出了得花多年治疗或终生疼痛的巨大代价；不经意间的过失，造成了对他人和社会无法弥补的损失，使我们落入了长久忏悔和赎罪的深渊，等等。人生之事不如意者常八九。往往是，不经意间而来的失意、苦难太多了，不经意间而来的美事、乐事实在太少了。

不经意间所为的成功是一种智慧，是一种机警，是一种运气，是一种机遇，不经意间所为的失败是一种无知，是一种轻率，是一种愚蠢。

不经意间所为的得到和失去，成功和失败，幸运和倒霉，是偶然的，也是必然的，因为它是一种机遇，是一种运气，是一种天助，是一种人助，是一种无助，是一种反常，是一种排斥。

不经意间的幸运和不幸，喜悦和悲哀，又绝不仅仅是偶然的和必然的。在这偶然和必然中既然有智慧和愚蠢，那么，不经意间可以成为经意间，不经意的事可以成为经意的事；在这偶然和必然中既然有幸运和不幸，那么，不经意间就不是无足轻重的事情，不经意间就不是粗枝大叶的事情。不经意间的得到、成功不必说，不经意间的某些失败、失去是可以避免的，只要事事经意起来。

不经意间发生在每个人的意识和行为中，不经意间让我们无法完全捕捉、控制、排除它。不经意间在编导好事和坏事。其实我们本来没有那么多的差错和愚蠢，不应当有那么多失败和不幸，也不应有那么多懊悔和痛苦，我们完全可以让那些成功和幸福的事更多一些，更美满一些，更长久一些。不经意间是“魔鬼空间”，是“鬼使神差”，人生不能有这样太多的“魔鬼空间”，不能有太多的“鬼使神差”。多多留意、重视和努力抓住、填补这个被天使和魔鬼掌控的天地吧，这也许是获得成功和幸福，减少失望和痛苦的一个积极的办法呢。

3. 世间最美的味

世间最美的味，是什么味？有人问我这样一个问题，我不假思索地说，是肉香味，是花香味。他却说，不是肉香味，也不是花香味，而是人情味。他的话让我一时产生质疑，在我看来，花香是闻得着的味，肉香是闻得着和品得着的味，“人情味”既无色又无香，怎么与肉香味、花香味扯到一起了？但又想，人每天入口数十味数百味，人一生闻过无数种花香，哪个是醉心与悦心的美味、香味？也许每个人都会倾心于不同的美味和香味来，你认定的美味和香味，别人未必认可和喜爱。可人活得是个情，爱情、友情、亲情、心情构筑着我们情感的大厦，没有这些情的支撑，人的内心就会成荒漠。这样看来，“人情味”不仅是道“味”，且是世间一道真正大味，只是这道大味入心入情，只是用人心才能品尝到的。人情味，不仅可以称作是最大的美“味”，且它实在是比肉、比花还要香美的味。

琢磨起了“人情味”的味道，它是种啥滋啥味？不往深想，它是种暖暖的，甜甜的味道。要是深想，它是比肉味还要诱人，比花香还要醉人的那种味道；是比阳光还要灿烂，比大海还要深厚的那种情感感觉；是比醇酒还要浓烈，比火炉还要炽热的那种热情……

人情味，是人对人、人给人的一种浓浓的也好淡淡的也罢的爱意和友好吧？是一种人性中善良和爱心的体现吧？是维系亲情间的纽带，是人与人亲近、友好的笑脸和热情的挥手吗？应该是的。人情味是人性深处闪光的金子和珍珠，它照耀你，照耀我，它温暖你，也温暖我，也是如同阳光、水、空气、营养不可少的情感和物质，是我们活着的依托和动力，是能够让人快乐地活着的心灵营养。

越是往深里想，越感到“人情味”这个词，变成了飞在身边的一群又一群彩蝶，在我情感深处飞来飞去，牵着我想那给我笑脸、信任、关爱、帮助的亲人、朋友、同事、熟人和许许多多的陌生人。我每天的获得、平安、快乐、幸福，是他们透着“人情味”的善良和爱心给我带来的。

人情味会有百味、千味甚至万种味，但也只能从淡淡的，浓浓的，浓烈的方面去想吧。

淡淡的人情味，像一束微光，一丝细风，一片薄荫，几滴雨的感觉吧。它往往出现在陌生人中，也许是一个微笑，一个手势，是一句“您好”“谢谢”和“需要帮助吗”等诸如此类透着友善的话语吗？应当是。淡淡的人情味，也体现在有些环境，场合，物件，文字里，它是有爱心的人渗透在其中的，它是人与人，人与群体，人与社会之间的连接的红线。它有可能让冰冷的内心感受到春天的温暖，让愤怒的眼睛变得平和，让举起的屠刀就此放下，让彻底的绝望产生一线希望，让将要擦肩而过的人握手成友，让成功和失败体现感恩与关怀。

浓浓的人情味，似一片阳光，一缕清风，一片阴凉，一盆炭火，有很多人关爱你的感觉。它往往出现在亲人、朋友和同事中，也许是一个祝福，一个电话，一件衣裳，一碗热饭，是那素不相识的帮助和那无助时伸过来的双手。浓浓的人情味，不管是来自母亲、兄弟、朋友，还是有爱心人的那里，不管是来自一个人、一群人、一个政府、一个国家，不管是直接的还是间接的，都会让人感到一颗颗热的心就在你身边。它会让那失落的心重回家园，让情感的伤口快速愈合，让寒冷的冬天不觉寒冷，让远方的征程不再遥远。

浓烈的人情味，似一时一刻的牵挂，一个人对一个人的快乐的分享和痛苦的分担，一次次不想分离的拥抱，一个人对一个人心甘情愿的给予。浓烈的人情味，是浓浓的人情味的升华，用多么深刻、热情的文字描述也不过分。

体会过淡淡的人情味，是诸如你去某上级机关办事，或到上级那里请示工作，办事员和领导在你站了好半天终于让你坐着说话的感觉；是诸如在你需要别人关心的时候，自己的孩子和同事、领导不情愿地给了你只是举手之劳的帮助；是诸如那一段渴望修通的路和得到的一碗饭，却是坑坑洼洼和温吞吞且缺油少盐的感觉。

也体会过浓浓的人情味，也体会过浓烈的人情味，是知道你远行身上会缺少什么衣服和进门有热乎可口的饭菜；是病中和无助的时候有人日夜守候身边喂饭并擦屎倒尿；是危急的时刻一个电话和短信会有人放下百万千万元的生意即刻赶到你身边；是缺钱的时候和丢失了什么的时候有人把钱塞到你手里或千方百计追回东西；是给了你很多爱和帮助却从来不要回报；是一辈子爱一个人并几十年关心一个需要亲人的人和做让更多人能够快乐幸福的事。……要说尽人世间浓浓的人情味，浓烈的人情味，是没有办法描述完的。

人活在情感的世界里，活在人与人的情感中。可以极度缺少钱和面包与水，也可以面对极度残酷的环境，而唯一不可缺少的是他人的情和爱；一个人可以缺少很多很多的钱和物质的东西，甚至于可以缺少文化，而最不可缺少的是做人的人情味。

缺少人情味的人，是枯燥无味的人，是自私透顶的人，是缺少朋友的人，也是孤独寂寞的人。

在我看来，世间最美的味是“人情味”。吃过百味千味万味美味，闻过百花千花万花香味，却没有任何美味和香味胜过“人情味”。“人情味”是这世间无与伦比的大美之味。

4. 活得很腻的感觉

没风没雨的清明是少有的，在这灿烂的春光里，去祭亡故的亲人友人，让人无比伤感，同亲人友人相处的日子是那么短暂，也更容易让人思索起人活着和死去的事来。

去祭奠友人，我对他的老人说，他要活着多好，我们今天会一起去踏青喝酒。五年前的今天，我们在一起踏青喝酒，很开心。老人说，他活得太累太难了，他是享清福去了。老人的话音刚落，我又听到了歇斯底里喊出的这句话。在友人墓旁，一位带孩子的妇女在墓前放声大哭道，你倒好，享清福去了，狠心扔下我们，让我们受苦……老人对死者的话，透着宽容、理解、哀思、祝愿；妇人的话，透着伤痛、深爱、埋怨、责怪、失望。我也想起了我的奶奶祭奠我的爷爷，我父亲祭奠我的爷爷奶奶，我母亲祭奠我父亲，我亲戚朋友痛别亲人时说的，他们“享清福去了”的话来。这句生者对死者的话，几乎出现在所有的生死告别、离亲悲伤的时刻。这虽是埋怨和责怪中透着深爱的话，而让人感到，活着的人，没有死去的人好受。

这好像是真的，活着的人，没有死去的人好受。细想活着和死去的事，可不是吗，对活得很艰难、很痛苦、很无聊、很屈辱的人来说，活着是很复杂的事，死去是很简单的事；活着是很累的事，死去是痛快的事；活着是受苦的事，死去是解脱的事。

这是一种活得很腻的感觉。活得很腻，是一种活着活着就不想活了的状态吧。每个人在漫漫人生路的跋涉中，都会在某一个时期，或者是很短暂的时间里，有种活得很腻的感觉。它说明，人活着实在不容易，人活一世实在不简单。

活人是很累的事情，要活出一个健康的人，有文化的人，有社会地位的人，活出一个生活体面的人，受人尊重的人，有作为的人，那是要付出巨大的劳累的，甚至是要付出毕生精力和身心代价的。一个农民的一生，是辛苦劳累的。从太阳升起下地，到太阳落山回家，一年四季，要在风里雨里劳作，腰弯了背驼了；一个老板的一生，是艰辛忙碌的。一分一分地抠，一毛一毛地攒，一天到晚守候企业并奔波市场，三天两头地请客送礼喝酒并给人笑脸，高血脂、高血压、冠心病，十个老板，九个会有；一个机关干部的一生，是劳累辛苦的。每天得按时上班且常常不能按时下班，写不完的材料开不完的会，从小科员到升为长，得十多年甚至几十年耐心苦干，且绝大多数人干到退休也与局级无缘……在各行各业谋事，在各行各业谋生，在人海芸芸中出头，不是件轻松的事。对于活人的劳累，你不要问搬水泥扛钢筋的工人，你不要问面朝黄土背朝天的农民，你不要问每天一脸粉笔灰的老师教授，你不要问苦思冥想搞科研的科学家，也不要问扛枪巡逻的士兵，如果问，你就问大城市坐机关的人，累不累？他们会说，累。累在哪？每天的从家到机关的几十里路程，每天的赶车挤车堵车几个小时，不要说工作的累，应酬的累，就这上下班路途的累，都是难以接受的。这样不同状态的累，很容易让人活得很腻。

人活一生，劳累会让人活得很腻。但劳累不仅仅来自一个方面，还会有很多方面的劳累，不管来自哪方面的劳累，足以让人活得很腻。一件事情做久了，周而复始地做就没有任何新意，生活就没有新意，会感到活着很腻；生活失去目标了，混一天过一天，生活非常无聊，会感到活得很腻；情场失意了，自己不是个让人喜欢的人，会感到活得很腻；生活很贫穷，得不到人帮助和尊重，会感到活得很腻；挣了很多钱，没有心爱的人钱也没处花，会感到活得很腻；身患疾病或面临灾难，又没有能力和勇气面对不幸，会感到活得很腻；身边没了亲人和情感深处的朋友，会感到活得很腻；活得很老了，体力不支的时候，会感到活得很腻……活着是复杂的事，人的内心因此比生活还复杂。还有很多内在和外在的东西，会导致人对活着感到很腻。

活得很腻的时候，也许占了我们生活相当大的部分，我们相当一些生活的确会让我们产生活得很腻的感觉。活得很腻的感觉，让人会对生活、未来、生命产生迷茫，甚至认为活着、生命没有多大意义。我们很想结束生命。无论活到多大年龄人，在这种腻的状态里，产生过不愿意活下去的想法，闪现过不想活下去的念头。那些自杀的人，让自杀成为一种预谋，成为一种决心，成为一种勇气，应当是活得很腻的感觉，让他们走向了极端。这种走向极端的行为，很难说是理智的，它放大了活着的困惑状态。还有很多感到活得很腻的人，他们勇往直前地活着，他们是些心里深深牵挂别人的人。浓厚的爱心，让他们舍不得离开别人，他们是生活的勇者。

活得身累，活得心累，活得贫穷，活得尴尬，活得无聊，活得失望，活得痛苦，这些生活状态的某一方面，会伴随大部分人生活的某个阶段，也许会伴随终生。事实也是如此，人是来到世上受苦来的，没有苦难的人生，沉浸在蜜中的人生，会让人更腻。

活得腻味的感觉，是不想再活下去了，我们多少次想不再活下去了，但我们又马上放弃了这个念头，是因为我们放不下亲人和朋友。我们是富有极强的责任感和爱心的人，所以我们从腻的生活中，寻找到了有意义的目标。

人的生活，大概包含了无聊和腻烦，无论生活让我们多么腻烦，也应该相信，人生是美好的，活着是有意义的。这个意义，体现在创造和爱别人上。

在清明节里，面对故去的亲人友人冰冷的墓碑，一股无限怀念的情感直往上蹿。看着这娇美的春阳，感到人活着真不容易，但无论生活有多累多难多没意思，还是要感谢老天和神灵的庇护，让我的生活得到了很多，我很满足也会珍惜所有。不去腻烦劳累的生活，活着确实很好。

5. 在人群里仍然孤独

我在大山里遇到一个独居的老人。偌大的深山里，方圆数十里没有人家，他的木房子孤零零的，甚至有点寒碜而可怜地出现在山坡上。老人七十多岁了，在这寂静的大山沟里，在这寂寞的小房子里，一辈子做他每天重复的事情——编花篮。他的屋子里堆满了精美绝伦的花篮。他在这大山里独居了半辈子了，没有朋友，没有女人，没有电视，他是怎么度过这孤独寂寥的日夜的呢？我想问点什么，诸如是否孤独之类的话，但从他脸上怎么也看不出那种孤独者的怪异、痼癖，倒是红润、爽铄的花篮般微笑，让我欲言又止。是的，有必要问吗？

孤独与否，都写在他脸上。这让我反倒羡慕起他生活的充实来。他编了一辈子的花篮，他编的花篮据说有千万只了，很受山里人喜欢，谁要给谁，给不给钱无所谓。他在这大山里每天做着自己快乐的事情，怎么会孤独和寂寞呢？

从独居老人木屋出来，我忽然想起了一个朋友的诉说。那个朋友是演员，成天在扮演英雄、恋人、老板等有意思的角色。一会儿是叱咤风云的高大人物，一会儿是花前月下的白马王子，一会儿又是挥金如土的富翁……电视剧里有他，电影里有他，朋友前后，美女左右。在我看来，他的生活热闹而充实。但有一天他对我说，他很孤独。我不解他孤独的是什么？他生活在大都市，他有爱人和孩子，他有让许多人羡慕不已的职业，更有一部部影视剧的演出成果。他孤独什么呢？他说自己也说不清楚，就是常常感到内心很孤独。

说不清自己的孤独来自什么地方，我理解。我们生活在喧嚣的大都市的人，有多少没有孤独感呢，而又有谁能说得清孤独感来自哪一个具体的原因呢？真是难以说得清楚。

好像越是人群如潮的地方，越是喧嚣热闹的地方，越是高楼林立的地方，越滋长孤独。

那三天两头泡在洗浴中心和歌舞厅的先生们，难道是没地方洗澡的民工和流浪汉吗？他们是来练习唱腔，要参加哪个电视演唱大奖赛的选手吗？真正的那些人，是不会来这些地方的。他们是有着锦衣玉食的富人，或者是混得很体面的人，他们也是自感孤独的人。他们到洗浴中心来，到歌舞厅来，用上整个晚上的时间，扔掉大把的钞票，为的是摆脱孤独。他们的孤独是哪里来的？他们有妻子，甚至漂亮的妻子；他们有事业，头顶着这长那长，而且官职不低、事业有成；他们有钞票，富的一辈子花不完，巨富的甚至几辈子也花不完；他们是混得不错的人，身边有的是讨好和巴结他们的人……那他们凭什么还孤独？他们比谁都孤独，而且常常非常孤独。

那怀抱或手牵宠物和那每周逛数次商场而并非有直接目的女人，难道是精力多得没处消耗，时间多得没处打发的人吗？她们并不是闲来无事或时间多余的人。她们待宠物如儿孙般亲热，是为了自己不孤独；她们中某些人的逛街症，不是因为像蜜蜂那样勤快，要给家里购置什么东西，而是为了摆脱在偌大空房里独守和情感冷漠的孤独。

那人流中一脸茫然和眉头紧锁的人，东张西望和神情紧张的人，难道都是远道而来的外地人吗？难道都是为吃穿而愁和失去了什么的人吗？他们并不全是失意和倒霉的人，他们是内心有孤独感的人。他们的孤独感，生在内心，写在脸上，即使他们戴着昂贵的钻戒、宝石，怀揣万元，即使他们实际上很有地位和很成功，也会在许多时候露出他们孤独的本相来的。

孤独的人很多，导致人孤独的事情很多。在物欲横流的今天，在城市的空间越来越狭窄的今天，在人与人面对面、肩挨肩的今天，孤独似乎越来越多了，而且许多人的孤独掩饰也掩饰不住。

我过去总以为，住在乡山僻壤的人是孤独的，而我从湘西和西北的几个偏僻的山乡访问回来，发现我的以为并不完全是。在湘西的大山里，在西北的黄土高原上，孤独的村庄，独居的人随处可见。虽然他们没有见过王府井、南京路什么样，也不知道皮尔·卡丹、人头马是什么，但他们生活得很充实、安静，也很知足、快乐，大多数人从没有觉得孤独。我以为他们迷恋故土，且乐呵呵地很少有烦恼，是落后和迂腐的反映。实际上，他们那欲望很淡的内心，很深地依恋着山川田地，也深深依恋着他身边的万物。有大山、原野为伴，有河流、绿树、牛马等陪伴，哪里觉得寂寞呢？他们感到活得很幸福。住在山乡僻壤的人，身是孤独的，而内心不孤独。

住在都市的人，身在闹市，身不孤独，而大多人的内心是孤独的。住在都市的高楼大厦，房子铁网加护如同“鸟”笼；邻里门挨门，却如同陌人而老死不相往来；马路很宽阔，但人挨人、人挤人，脚下每寸路都是公共的；城市很大，美景很多，而飘浮的内心却没地方“降落”；朋友一大串，而没有利益来往，却难于坐在一起……这让人感到，城市人越多，城市越热闹，越容易产生孤独。因而，都市孤独的人很多。

而我们总是要面对这些来自社会和他人带给我们的孤独的，而我们的亲人、朋友总有一天会离开使得我们孤独的。孤独，是每个人都绕不开的幽灵。怎么能够摆脱它的缠绕呢？那个深居大山、几十年不停编花篮的老人给了我很大的启示：默默地做自己的事情，不求回报什么。心里有山、有水、有阳光，无论身在哪里，心还会孤独吗？

6. 在一起比分开还寂寞

有首流行歌叫“在一起比分开还寂寞”，是表达一对恋人，或许是爱人彼此间的情感感受的。歌词说，我们两个人，在一起比分开还寂寞……。为何“在一起比分开还寂寞”呢？我想到了恋人和夫妻间那种摩擦、别扭、隔阂、冷漠、怨恨等情形来。由此我被委婉悠扬的旋律和演唱者情真意切的情感，轻而易举地带到了那种生活中，那种情境里，我悉心体验起了两个人那别扭的过程，那过程使我的心情很快沉重起来。我赞赏这歌词作者，把恋人和夫妻间的相视无语，相对而怨说成是“在一起比分开还寂寞”，真是入木三分啊。

想想也是，恋爱、婚姻本是一杯蜜酒，谁会知道它怎么成了一杯苦酒了呢？这歌中的年轻人，真让人担忧。在一起比分开还寂寞，那一定是两个人感情到了极度没有话说了，极度讨厌对方了，极度想分开的程度了。

分手吧。分手就分手吧，反正是恋爱，反正过不到一起，反正离了还可以找别人。如今年轻人，格外尊重自己的想法，格外尊重自己的爱好，格外尊重自己的个性，格外尊重自己的付出……他们是“自我”的代表，他们的心里有太多的自我。有了太多的自我，很难装下别人。于是，分手成了习以为常的事情，离婚已成了很简单的事情。平常和简单得像幼儿园的游戏。

为什么要分手呢，为什么要离婚呢？他说，玩不到一起，说不到一起。他说，越来越没意思，不如离开的好。她说，没有责仕感，对生沽和别人不负责任。他说，太自私，心里只想着自己。他说，她不给他做饭，他回家吃不上饭。她说，他太懒，不愿意多干一点家务……这些理由当然是充分的理由，这其中的任何一条理由，都可以成为分手的有力根据。而这些分手根据，又都是一方之言，又有多少正确性和可信度呢？分手与结合，全凭自己的感觉，谁能判断得清楚谁对谁错呢。

分手理由的错和对，并不重要，也没有一个“分手错对法庭”判决理由，而且即使有这样的法庭，也难以判清楚它的对错来。但对错的核心标准还是有的，与自私、自我的人分手，与心地龌龊、品德低下的人分手，与情绪反常、性格怪异的人分手，肯定是对的。恋爱的朋友，要毫不犹豫地跟这样的人分手，一刻也不要耽误。

分手，不太适合结了婚的人。结婚分手，付出的代价有多大？小城市和农村是几十万的损失，大城市是几百万的损失，还有备受冷落的孩子及三个人的精神折磨。这种损失，如破产，如贼偷，如着火，多年的心血汗水让分手付之东流。在大都市离得起婚的人，从胆略和金钱上说，都是了不起的人。

结婚，领那一张证，是件人生大之又大的事情。由此说来，要擦亮眼睛看那个跟你领证的人。想进入婚姻的人，眼睛模糊，可是要吃大亏的呀。

听来两句话，感到说得很经典：“不过日子，不知道女人的厉害。不过日子，不知道男人的差劲。”男人的差劲，会是多方面的，最大的差劲，也许是好吃、太懒、暴躁、好女人。而这几方面差劲，哪方面都有可能冒出来。也许男人是人中毛病最多的人，而毛病再多，大多男人的毛病往往是单一的。女人的厉害，却是大多婚后女人都会滋长的。厉害，也许是心计、阴损、刁蛮、贪财。面对女人的厉害，你会纳闷，当初温柔单纯的女孩，怎么成了“厉害精”了，怎么变成“母夜叉”了，怎么变成“不讲理”了，怎么变成“自私鬼”了？女人说，是男人逼的。是男人逼出来的吗？也许有其因素，也许她们的毛病天生就在骨子里藏着哩。

让人看到的是，不差劲的男人身边，却有厉害的女人。厉害的女人，多于差劲的男人。这种厉害，足以让男人对婚姻失望。这个世界好像是男人在控制着一切，在张牙舞爪，表面上是，实际上是女人的世界，女人在控制世界，女人在影响着男人。女人的温柔可以征服男人，女人的厉害更能“踏平”男人的内心。相信，不过日子，的确不会知道男人的差劲；不过日子，的确不知道女人的厉害。婚姻，最害怕男人的差劲，最害怕女人的厉害。

婚姻生活必面临一日三餐，谁来买菜下厨？几个将要结婚的男孩女孩交流“经验”说，结婚后的第一天太重要了，谁主动做饭，谁就会被“定位”在厨房里。因为理由是下厨房的会做饭，不下厨的不会做饭。不会做饭，是不下厨房的最大理由。这个秘诀被更多的人知道了，结果是，婚后的数天，数月，甚至数年，谁也不主动下厨房。没饭吃怎么办？吃食堂，下馆子，买熟食，吃快餐，吃方便面。这样的年轻夫妻，这样的不下厨的夫妻，如今越来越多了。

我给自家的一个女孩说，这个世界女人的地位如何变，但家庭男主外、女主内的传统大体不会变；这个世界女人即使成贵妃，大多女人生儿育女的常规不会变，因而要学做家务，学做饭。女人要想法“拴住”男人的胃，这是让男人在远方想家想女人的“纽带”。做一手好菜，对一个女人，对一个家庭，对一个婚姻的长久，太重要了。女孩对此不以为然。她说，不会做饭一起到爹妈家吃饭；没爹妈了吃食堂、下饭馆。这是大多独生子女的观点，这个观点很可怕。

不想下厨，不想做家务的女孩、男孩，严肃地说，不具备婚姻生活的条件。不想下厨，不想做家务的女孩、男孩，无法提高婚姻到最高质量。

在一起为何比分开还寂寞，是什么让我们变得陌生、冷漠、厌烦？是性格，是毛病，是麻木，等等，而最主要的是太自私、太自我了吧。

自私，自我，会让我们越来越寂寞。

7. 一起睡到老是很难的事

一起睡到老，是件很难的事情。楼下的张处长，今年四十多岁，是网上聊天迷和游戏迷。他从搬到这新房子里，就跟媳妇两屋分睡着，他一间，女儿一间，媳妇一间。我跟他家很熟，有一次闲聊，我问他，你怎么不跟媳妇睡在一起？他说，我睡觉晚，她睡觉早；我喜欢上网，她喜欢睡觉，我们没“共同语言”。睡在一起又没啥“事”干且烦，不如各睡各的。我开玩笑地说，你正“当年”，你老婆长得又挺漂亮的，怎么会跟她没啥“事”干呢？他坦然地说，兄弟，说真的，这个年龄的男人有几个对老婆“感兴趣”的？都结婚二十年的夫妻了，天天睡在一起，天天过着重复的日子，好比如让你二十年每天吃同一种菜一样，早吃烦了。呵呵，老婆也一样，一起睡到这个年龄，真是如同“左手摸右手”，还有啥感觉呢！我说，你这很危险，这样下去，不就有离婚危险了吗？他说，离什么婚啊，孩子还小，况且我们其他方面都合得来。分房睡各有各的空间，这样不是挺好的吗。

对于分房睡觉，一人一个屋子，好像张处长的老婆没什么不好的感觉。有一次，她大咧咧地跟几个女人说，跟他不睡一张床真好，互不干涉，睡得香。她还说，我们单位好多家都分床睡……

我不知道，她是不是也同她丈夫一样，对“那事”失去了感觉，没啥兴趣了。在我看来，应当是这样。我倒很想问她们一个问题：难道夫妻不做“那事”，就没有必要睡在一张床上了吗？在我看来，有点怪。

与老婆分床而睡，年龄最小的，就是结婚没几年的王胖子了。王胖子曾是我对门，是老板，两口子常常深更半夜吵架，有时还有两人扭打的喊叫声，吵得邻居很反感。究竟是怎么回事呢？有人问他媳妇，他媳妇说，每次很晚回来，每次都喝得醉醺醺的，满嘴酒臭气，我非常讨厌酒臭味，我不让他上床，他就耍酒疯……

后来，即使王胖子很晚回来，他们家也再不吵闹了，原来是王胖子搬到另外一间屋子去睡了。再后来，王胖子就很少回家了。有一次，在一个商场，我看到王胖子在给一个小姑娘挑项链，两人亲昵无比。

从那时起，我看王胖子的老婆满脸憔悴、一副垂头丧气的样子，失去了往日的高贵风采。邻居说，她的男人躲着不见她。我就暗骂这个女人，真是蠢货。男人对你好时，你不让人家上床，他不回家了你才知道着急，早干什么来着！我们单元里夫妻分室而睡的还有。他们究竟为什么分室而睡，不太了解，想必各有各的缘由吧。

写这些，其实我这是少见多怪了。进门是邻居，出门是夫妻，这已是现代都市里常见的现象。而且随着住房的宽敞，已有越来越多的夫妻，不想改变对方什么，不选择离婚，也厌倦了肌肤亲热，选择了分室而睡的生活方式。兄妹关系，和睦相处，这不知是社会的进步，还是婚姻的文明？真说不准。但细想起来，虽然睡觉是不需要付出辛苦和钞票的事，而一个男人与一个女人从年轻时睡在一起，一直睡到老，其实是件不容易的事情，它需要极大的宽容和很深的爱意的啊。

8. 庸俗让我们卑贱

我同一位品德高尚的先生聊人的庸俗。他问我，你有没有感到自己有卑贱的时候？我说有的。我时常会觉得自己很卑贱，而且这种卑贱，让我有种“找”不到自己的感觉。先生说，我也是。我说，你是位高权重的领导，在你这个阶层里，在我看来你是春风得意、呼风唤雨了，怎么会有卑贱的感觉呢？先生说，卑贱，难道是贫穷者和普通人的“专利”吗？卑贱，是不分身份和身价的啊。我也有庸俗的地方，因而我在不断地反思自己，也在不停地“清洗”自己呢。

先生解释起了庸俗的原因。他说，我们为什么感到卑贱？是因为庸俗造成了自己的卑贱。那究竟是什么东西使人显得庸俗呢？那就是不自由的心，陷于恐惧、困难当中的心，绕着自己的利益打转的心，为了急速解决问题绕着成败打转的心，绕着悲伤打转的心。你仔细看看自己的心吧，你会发现其中占满内心空间的东西，都是一些细小、琐碎、事关切身利益的事情。我们一心想解决这些问题，只能用卑贱去解决，但因为解决不了，就更加卑贱。你以为大部分人的心都很宽阔、高贵吗？大部分人的心都很渺小、卑贱，大部分人都不承认自己庸俗。我们都觉得自己有一些优秀的东西深藏不露，其实是自己不明白，我们都很庸俗。我们必须明白，我们的庸俗造成了我们的卑贱、琐碎。

先生有做人的许多律条，他的不说假话，不说媚话，不送礼，不收礼，在我看来已是超凡脱俗了。但他说，其实我也很庸俗。你和我的身上，过去和现在，至少可找出三大庸俗的地方。

我们的眼睛很“势利”，总是把“利”看在首位，谁官大、权重，谁钱多、富有，谁就“用得着”，就靠近谁。我们给他献媚，给他笑脸，尽管你给献媚、笑脸的那个人是个品德低下之人，卑鄙之人，或是个变态者，你都愿意向他低三下四，甚至对他可以忍气吞声。你对他的脸上表情非常在意，他的一点不悦，也会使你心惊胆战；他的每一句话，乃至是废话、蠢话，你也会赞扬他说是经典和真理。你对权钱的在意，已看重到了忘我的程度；你对权贵的恭维，已讨好到了肉麻的地步，然而你仍表现和表达得相当自然。但你清楚，这样做虽然使自己委曲，而你总是坚信，你的献媚和殷勤，会赢得权贵和富翁的笑容、愉悦。的确，你的庸俗的献媚和低下的笑脸，极大满足了权贵和富豪的虚荣，从而赢得了他们的欢喜，于是你得到了利和金钱。而这便捷、轻易得到的利，是你花一年、几年、甚至几十年劳苦也不可能获得的。庸俗使你得到了权利、金钱和荣耀，这就使得你更加坚信，学会庸俗，迎合庸俗，不仅是生存的一种本领，更是获得大利的捷径。你想，既然上司、老板和朋友，都喜欢接受庸俗，自己为什么要保持清高呢？在你看来，那简直是不合时宜的愚蠢。因而，我们想方设法讨好领导，挖空心思巴结上司，费尽心机笼络“关系网”，把庸俗当作一种能力去发展；我们给有利于我们的人献上庸俗，也理所当然地接受别人献给我们的庸俗。我们不知不觉地变得庸俗了，甚至相当庸俗，但我们虽置身庸俗，却不知自己相当庸俗了；我们变得卑贱，但又感觉不到自己有多么卑贱。庸俗让我们陷入卑贱，卑贱让我们失去了人格和尊严。

我们总是太贪，那张贪婪的嘴永远也不想合拢，总想把所要的一切都吞进去。其实我们已经得到了很多，已经比别人得到了更多的东西，但我们仍然在苦恼，仍然在怨恨，仍然在咒骂。贪婪，让我们变得像小偷一样，像小人一样龌龊，因为要找到获利的捷径，因为要不劳而获，必须钻到阴沟里寻找，在阴暗处谋划，以肮脏的手段去实现，那么我们高尚的窗户会关得越来越紧，内心的阳光会越来越少，阴霾的地方越来越多。而贪婪，使我们得到了许多，让我们拥有了梦寐以求的权利、地位、金钱、荣耀，我们得到了所要的东西，从此会变得高尚起来吗？发现自己很难变得高尚起来。因为庸俗“收买”了我们，庸俗给了我们实惠，我们的心早已被庸俗所占有，我们已很难摆脱庸俗，如果要抛弃庸俗，除非背叛庸俗，否则无论我们如何粉饰自己，我们的本质仍然是庸俗的。这一点，随便从我们身上就可以找到，尽管我们做了官、发了财，但总也掩饰不住小人得志的那种德行，也很容易看到我们高贵尊容中透出的卑贱。

我们的心总是太小，小得常常装不下一滴水。我们总怀疑别人在算计自己、坑害自己、侵占自己的利益，我们喜欢以小人的心理推测别人的言行。我们为了一点蝇头小利和增添嘴巴的快感，习惯谈论是非，喜欢编排绯闻，热衷传播小道消息。我们总是斤斤计较，把一些是非、现象放大了，对针尖大的事情耿耿于怀。我们心里装不下别人，总愿意与别人争斗、结仇，总是把别人想得比自己坏十倍。因为我们心里装满了小事，装满了是非，装满了仇恨，我们会越来越庸俗，也会越来越卑贱。

先生所述的三个方面的庸俗现象，虽然他也把自己包括了进去，其实是他在谦虚。在我看来，先生早已摆脱了这些庸俗，已经达到了做人的高贵境界了。但先生说，庸俗是人们的通病。你我的庸俗，未必有这么多，有这么深刻，但从我们身上或多或少还是能够找到许多庸俗的“影子”和痕迹的。我列出这个“纲”来，实则是提醒自己要不断摆脱这三方面庸俗的缠绊，让自己的内心纯净和高尚起来，同时也作为赠言，希望你能经常提醒自己，“洗涤”心灵，保持纯洁；祛弃丑陋，走向高贵。

我说，我记住了。我会努力去克服的。

与先生的那次交谈，已过去好长时间了，但他的话如一面镜子，永久地照在了我心里。

9. 为人妻

女人为人妻，是天理，也是归宿。女大不能养，到了嫁人的年龄，即使别人不着急，自己也会日思夜想的，企盼嫁个如意郎君、好人家。古时，女子到了十八岁，既是嫁人的最佳年龄，也到了最大的年龄。过了十九岁，就算大龄姑娘或老姑娘了。

一个女子，小小十八岁就要为人妻，在今天来看，是不可思议的事情。十八岁的女子，是个什么年龄的季节？是一朵花含苞欲放的季节，是心怀梦想的季节，是青涩的果子将要成熟的季节，也是没有脱离稚气的季节，还是玩心十足的季节。这个季节的女孩，就成了人妻，将面临的是什么呢？面临生子，侍候夫君，面对公婆，料理家事。这么多的事情，一夜之间落到了稚嫩的肩上，哪一桩都是沉甸甸的。

这是让人很难接受的事情。一个女孩，昨天还是母亲眼里的孩子，一旦跨入婆家门，肩上就有了这么多担子。而这任何一副担子，也会把娇嫩肩膀压弯的。

别的不说，单说生子和做饭的艰辛，就会让一个花季女孩，很难轻松接受。生子，对任何一个女子来说，是惧怕的，也是无奈的，也是由不得自己的事。情愿不情愿，往往一夜之间，就决定了要成为人母。至于下厨做饭，这“男主外、女主内”沿袭了几千年的传统，已成了女子天经地义的事，不管愿意不愿意，那在男子眼里早已成了女子的份内事，没有理由不接受。所以，女子嫁前，操练过厨艺并心甘情愿围着锅台转的，那还好，如若嫁前没有执掌过刀、做过菜的，也没有想法嫁人侍候谁的，那就要面临挑战了，也会面临危机。在旧时，因不愿、不善操持家务，被休了的女子，是没人敢要的。对一个女子来说，嫁前下厨操刀，那是意味深长的。所以，旧时女子，除了官宦、大户人家媳妇，没有哪个普通百姓的女子，不把下厨做饭不当回事的。

下厨做家务，是上苍赐予女子的劳苦，是份内的天职，还是一份幸福和享受。这好像都在其中了。

我的奶奶王存兰，十六岁嫁给我爷爷宁长年；我的母亲杨菊英，十八岁嫁给我父亲宁永龙；我的干妈十三岁嫁给我干爹满文成，我们村父辈以上的女人，大多都是这个年龄嫁人的，最小的还有十岁嫁过来的。这么小嫁为人妻，还是孩子年龄，还是玩的年龄，会下厨做饭做家务吗？我奶奶不会，我妈妈不会，我干妈也不会。不会，她们也得做，进门第一天就得做。如手脚麻利，少挨点儿骂；如笨手笨脚，好吃懒做，那挨骂是必然的，甚至挨打也是可能的。为此，我的奶奶，我的妈妈，我的干妈，毫无例外受到了婆婆的责骂，还挨了丈夫的怨打。不会、不干，必然“逼着鸭子上架”的。她们都是这样逼到不敢不下厨、不做家务，逼到不敢偷懒、不敢懈怠的地步。

在我懂事的时候，我的奶奶已六十多岁，她从嫁给我爷爷的第一天起就做饭、干家务，快五十年了，一日三顿饭，大多天天如此。五十年，还有直至后面的十年，我爷爷去世，她除了生育两个孩子，除了下地干活，除了承担缝洗等日常琐事外，她为她嫁的这个男人，做了近六十年饭。她做饭手脚麻利，在烧柴的浓烟弥漫的伙房里，能很快烙出饼，做出各种面食，炒出爷爷喜欢吃的菜；我妈从嫁给我父亲的那天起，每日天不亮起床，烧煮稀饭，与男人同时下地干活，从地里回来再张罗开饭、洗涮，再下地干活，中午回家再做饭，侍候丈夫和孩子吃完，再洗涮，喂养猪羊鸡，再下地干活，收工再下厨做饭，再洗涮，再喂养猪羊鸡，直到我父亲去世，才不再为人做饭、侍候人，算起来长达五十多年。五十多年，她会做奶奶做的面食，也学会了做鱼，还会炒各种青菜。这五十多年，她生了八个孩子，两个夭折了，六个孩子都吃了她近二十年的饭，相继远走高飞了。我的干妈也是从嫁人那天下厨的，她与我母亲的劳作、侍候人、生育等所受的苦毫无两样，只是她一口气生了九个孩子。她每天除与男人同时下地劳动，与男人同时回来外，便是做家务、拉扯孩子，想法让九个孩子吃饱。尽管看上去像服劳役，而她却总是笑呵呵的，把九个孩子养成了大小伙子。她同我母亲一样，为丈夫、为孩子做了五十多年饭。尽管她做的饭都是简单的面条、馒头，馒头、面条，而这样的饭一做五十年，把它说成是服劳役，毫不夸张。

不管这种劳役，愿不愿意，成为人妻后的我的父辈、祖辈，我的姐姐、妹妹，还有村里那一茬茬成为人妻的女子，无一例外地从做人妻后的那天起，操起了锅碗瓢盆，尽管有一千个不情愿，但也无力改变人妻的传统习惯。

女人下厨房，究竟是传统文化的元素，还是传统的陋习？使得女人比男人平添了份难以摆脱的辛苦，也显得女性比男性更为伟大和重要。也许前者是上苍的意图，后者也是上苍的赐予。

这种意图和赐予，被那些温柔善良的女子接受了，被血液里流着传统文化的女子传承了，她们把操持家务当做生活中男女的不同分工，默默地接受下来，还有更多的女子坚信，要“抓住”男人的心，先得“拴”住男人的胃。因而许多聪明女人，会接受、学会那美妙和烦人的烹调，能做出可口和绝伦的饭菜，让丈夫享受到女性的温馨与非凡，也成了男人牢牢围着女人的纽带。

女人对这种意图和赐予，也许从骨子里反感透顶了，到了今天，更多的女子是痛恶下厨房的。嫁前，她们已给夫君宣传，并让其承诺，为人妻不会做饭，更不学做饭，甚至不生孩子。答应条件就嫁，不答应就“拜拜”，对方居然答应了。

两人走到了一个巢，吃是免不了的事情。谁来做饭？有人承诺做饭，而承诺会一时算数，但菜谁来买，饭谁来做，日久天长会成为严峻的现实。婚前承诺过做饭的夫君，喜欢做饭并把它当做一种享受的夫君，日日下厨无怨言；压根忙或不喜欢下厨的夫君，新婚起初下厨，然而时间不长，就会感受到下厨不仅辛苦且要消耗大量时间，便会找到多种理由不下厨了，要么到婆家、娘家蹭饭吃，要么买方便食品或吃食堂、下馆子。有些夫妻，几年把住家附近几条街，甚至半个城的饭馆都吃数遍了。

日日从外面找饭吃，毕竟不是办法，总有吃烦了外面的饭或懒得出去吃的时候，那就得做。谁来做？谁也不想做。妻子责问夫君，你是婚前承诺过饭由你来做的，否则我是不嫁的，你得信守诺言！夫君下厨了，可那是渐渐不大情愿的劳作，所以日久天长，越来越懒和烦，不下厨了。饿肚子是很难受的事情，再美妙的爱情，让谁饿肚子，谁也受不了，吵架出现了，进而失望、伤心、分手。诸多夫妻，竟是为吃饭而分手的呢！如今年轻夫妻，为不愿做饭和不愿操持家务而分手的，成了一种现象。

女儿是独生女，是从小吃母亲饭长大的，已吃到了大学毕业。她在学做饭。她做的饭，虽然比不上她母亲，但也能烧出几个像样的饭菜。这是我们引导的结果。她是压根不愿下厨的，她说，嫁人不做饭，两人吃食堂。我感到这是不懂事的话。我曾经告诉她，做女孩，做人妻，不管才高八斗，也要吃好一日三餐，靠吃食堂、靠男人，是靠不住的，得靠自己；一个女人不会做饭，就等于不会生活，就等于与夫君缺少了情感交流的筹码，也就渐渐没有了发言权，这样的生活，会越过越淡。女儿明白了这个道理，跟她妈学到了做饭和做家务的不少本领，可以做出一桌丰盛的菜了。我说，你会做饭，可以嫁人了。在我看来，女儿下厨会做饭，同获得大学文凭一样重要。

做饭和做家务的意义，在于给心爱的人一个温暖如春的家。而为一个男人心甘情愿下厨的意义，在于是否值得，值得的话就是一种享受和幸福。而为自己儿女下厨的意义，不在于值得不值得，为儿女付出辛苦，就是一种享受和幸福，天下父母都乐意接受这份享受和幸福的。让男人下厨房，总是那么地靠不住。因为骨子里，男人的眼睛总盯着外面的世界，他们希望家是女人的世界。

做人妻是件不简单的事。下厨做饭，如若是一种享受和幸福，那就是女人优良品质的传承，也是一种婚姻家庭重要文化的传承。这也是女性、母亲的伟大所在。

越来越体现男女平等了，祖辈、父辈男尊女卑和嫁人吃饭的时代远去了，而无论时代如何变，饭还是要吃的，厨还得有人下，这已不单纯是家务事了。

好在今天大多女子还在厨房里忙着，她们在辛苦着，也享受着、幸福着。那么都来向做一手好菜、操一手好家务的人妻，深深地鞠躬吧！

10. 人脸

老家人称谓有一种人叫“没头鬼”，就是有身子没头的鬼。一个人有身子无头，还是鬼，该是多吓人的一种鬼啊。哪种人会被看做没头鬼呢？是那种“不要脸的人”。人脸长在头上，不要了脸，没了脸，也就会没有了头。人没有了头，就活不成，就成了没头鬼。所以老家人把不要脸的人，比喻得真是形象而生动不过了。这让我对脸、脸面、面子，格外在意了起来。

脸，即面。脸面之词即由此而生。脸比面的内涵大概要丰富，脸包括肌肉，面只是皮肤而已。面是事物的头。没有脸，就没有人的头；没有面，就不会有人的脸。面是脸的外表，脸是面的支撑。活人不要脸，是不可能的，而活人没有面，也是不可能的。

脸和面对人来说，就是活着和死了、有头和没头的关系吧。那么脸和面，就是人和鬼的分别，因而人把脸面看做与生命一样重要是自然而然的。

人活在世上，全靠一张脸面区分谁是谁，男和女，老和幼。没有脸和面，脖子以下只能看出男和女，大和小，此外是看不出谁是谁的。脸面，既是头颅的组成部分和需要，又是标明谁是谁、男和女的起码标准。至于脸面上呈现的老和小、俊与丑、白与黑、笑与哭等丰富而复杂的情形，那得先有脸和面才能够有这些，没有脸和面，其他所有的都无从谈起。这是连稚子都明白的道理。

既然活人不能没有脸，但不把脸当回事，或者不要脸的人是随时随地都有的。最平常的状况是，人在熟人面前，都会在意和顾及自己的脸面，脸是否洗干净，有没有脏污；擦油了没有，擦油比不擦油光亮，甚至要看看牙上沾没沾菜叶，不能给别人留下脏兮兮的印象，否则该多没面子；言行举止一般不敢目中无人、口出狂言和肆无忌惮、张牙舞爪，即使有这毛病也得控制自己，不能给别人留下面目狰狞和无皮无脸的印象，这是丢脸。这都是些要脸面的人。要脸面的人，往往把自己留给别人的印象，看得比金钱和生命还重要。在别人面前失去了脸面，就等于失去了尊重和尊严。尊重和尊严，好像与社会地位是亲兄弟、孪生妹，没人尊重和没有尊严的人，就像讨厌的流浪狗和丑陋的猪一样，谁都不会理睬或随时都会踢上一脚的。人在熟人和尊贵的人、权贵者面前，会极力修饰脸面的秀美和掩饰脸面的瑕疵，会极力赢得高雅与高贵的脸面印象，是费尽心机的常态。而在有些境况下，人在生人面前，大都不会在意自己的脸面，在陌生人面前，尤其在利益面前，都会不在意脸面的光亮与否，不在意他对自己什么印象，不会在意丢脸不丢脸的事，感到反正转过身子，别人把自己看成猪狗，又有何妨！所以，很多丢脸的事，大都出现在陌生人面前。也不是说所有的人都在意熟人和权贵面前脸面的。有些人为了得到什么或达到某种目的，那可是把脸面当作墙皮对待的，不在乎别人怎么感觉和怎么看，该干嘛干嘛，不该干的照干不误，不要脸。这种人，就被我老家的人称为“没头鬼”。没头鬼，肯定不是人。

既是人，也不会被看作人的。人失去了脸面，就不被看作人了，要脸面的人都怕丢脸。在意脸面，追求脸面的高贵与荣光，似乎是大多人都明白的道理。脸面的高贵，必然得到人们敬仰。一个被人们和社会敬仰的人，财富对他已不重要了，他的那张脸就是畅通无阻的通行证，就是开通金钱之门的钥匙，就是获得无数人笑脸的名片。虽然有很多金钱，也没有让人敬仰的那张高贵人脸面有价值。脸面，一旦上升到高贵让人敬仰的程度，上升到荣光让人尊敬的程度，那这个人活得就有价值了，也活得很体面和很有尊严了。想来，人们苦苦钻研学问，苦苦竞争官位，苦苦获取级别，苦苦捞取名誉，苦苦在道德上坚守，除了谋生和生存的需要外，不就是为了活得受人更多的尊重吗？尊重，不就是通过脸面认定的吗？你的脸面在别人心里是什么分量，是什么颜色，不取决于这个人的俊俏和丑陋，而在于这个人脸面的“含金量”。

脸面可以变成面子，面子可以变成尊贵和尊严，而面子的本质是“里子”。“里子”是心地。人心的一切，大都会写在脸上。什么样内心的人，就会有什么样的脸面，无论怎么遮挡都无济于事。一个心地宽阔的人，一个富有爱心的人，一个心地善良的人，脸面应当是平静的、友善的、慈眉善目的。

一个心地邪恶的人，一个心地自私的人，一个心地狭隘的人，脸面应当是凶险的、阴冷的、刁钻的。一个“里子”好的人与一个“里子”坏的人，怎么可能会有一种同样表情的脸面呢？怎么可能会有同样的面子呢？

人脸，树皮，人怎么会把脸不当回事呢。高低贵贱，都在那张脸上，一棵参松的死活，都在那张皮上。那人活得有头有脸，人们总是给他以笑脸回报；那人品质龌龊，人们不愿多看一眼他的脸，他也总是耷拉脑袋把脸面藏起来。一个在乎面子的人，内心必然有所敬畏与惧怕。敬畏与惧怕，是面子后面“里子”的事。“里子”质地坚实有光，面子必然流光溢彩。有金子和美玉宝石般的“里子”，不担忧没有闪光的面子。

我是个很好面子的人，朋友责怪我说，不必太好面子。可我的面子后面是强烈的自尊需要、高尚的人格追求、高贵的道德标准的约束。如果我放弃了，降低了这些需要、追求和约束，我就不会把面子当回事，不会把别人当回事，我就会活得很轻松。如若一再放弃那些需要、追求和约束，想得到那些正当方式所得不到的什么，那偶尔做回“没头鬼”，也倒挺好。而想起“没头鬼”是那么可怕，又不敢想做丢脸的事了。

人有个好脸面，人有好面子，真是不白活一趟啊。

11. 人活一年

老树，在一棵棵地干枯倒下；熟人，在一个个地离开人世。

那是我每次回到村上看到和听到的现象。起初，我并不以为然，心里反而隐约地怪起树和人来，多气派的老树呀，也不等我回来给它再浇一次水就死了；多好的人啊，也不等我回来请他再聚上一次就走了。过了很多年，村上的很多老树消失了，许多熟人都离世不见了，这让我渐渐意识到，这世上很多事情是不等谁的。家门口的那老树，环绕着童年和少年的梦；村上的熟人，承载着一个离乡游子的过去。如若你想那棵老树，想那些熟人，应该马上表达，否则可能就来不及了，就可能会留下长久的遗憾的，这种遗憾让你永远也无法弥补。

这种遗憾，深深地牵引到了我对父亲的遗憾上，随之遗憾变成了留在心中长久的伤痛。那是六年前的一天，又到过年时候了，回不去老家的失意全落在了对亲人日渐浓厚的思念上，又只好以物寄情了。给家里寄点啥呢？每年都是寄给父亲收的，这时我忽然想起了我的父亲，他离世快一年了，今年寄什么，他再也收不到了。也是去年这个时候，我不打算回家过年了，我给父亲寄去了过年的钱，父亲拖着病身很高兴地置办了年货，全家的新年过得热腾腾的，让远在外地的我很是安慰。今年的钱寄给谁呢？只能寄给母亲了，年货也只能由母亲办了，想必没有父亲的年，母亲和家人过得一定是很凄惨的。想到这些，我的眼泪禁不住滚出了眼眶。唉，该知道父亲匆匆而去，该知道那是父亲的最后一个年，我有什么重要的事也应该放下，说什么也应该回家去过年，过去二十多年间就是工作再忙，也该多回家几次陪陪他，多尽一点做儿子的孝心，也不至于现在让自己的心头留有太多的伤感和遗憾。2002 年的春节，父亲去世后的第一个年，我是在思念父亲的痛苦中度过的，也是在一种遗憾的伤感中度过的。往后，每年新年前后，在我的心头，很难挥去多年来由于对父亲关心和给予得太少，没有尽到做儿子的孝心的伤感情绪。

我在这伤感的情绪中，更多想到的是我的疏忽。我从十多岁参军离家到现在，远离父母和亲人快三十年了，要说回家还不到十次，这是做儿子的人中少有的。

如果有人问我，你从事的是什么了不起的工作，连每年回一次家的时间也挤不出？我会汗颜。我作为机关干部，既不从事机密工作，也不是远在海外，每年都有公休假，为何不多回家看看？原因是，父亲和兄长常说，安心工作，家里没啥大事别回家，我们都好，路远费时费钱别回来了，安心做事吧。许多次，我提出探家的想法，都被兄长和父亲“堵”了回来。我呢？面对父亲和兄长的好意，加之我的“以后有的是时间和机会”的想法，就轻易地把次次探亲计划顺水推舟地放弃了。这种疏忽，错过了许多次能够与亲人团聚的机会，这使得我对父母和家人的关心越来越少。

父亲的去世，想起每次的回家，好像都留下了难以补偿的遗憾。过去的几次回家，不是时间匆匆，就是想给父母和亲人表达的心意没表达到。比如一次沟通、一次购物、一次吃请等等，待坐上回家的车，才发现疏忽了很多。我很后悔在父亲去世前的最后一次回家，后悔对父亲病重的忽略。七年前，我请假回家看望卧床在家的父亲，其实他已经病得很重了，但我没意识到他会不久于人世。我已好几年没有回老家了，好不容易回家一次，同学朋友纷纷邀请，怎么办？心想，与朋友同学难见一面，跟父母在一起的时候还多着呢，结果一周假期，竟然与同学朋友聚会占去了很多时间。父亲离去后，我对自己的疏忽非常懊恼和后悔，多么想再有次机会，好好守候父亲几天啊！但人已经走了，这样的机会再也不会有了。

更让我遗憾而伤感的是，我没有侍候过病中的父亲，连一天都没有。在父亲去世前的几年，每年都要大病一次，父亲需要侍候，母亲和兄弟姐妹为此很辛苦。每次病中，我都想回去照料他，哪怕陪几个晚上床，侍候几天，陪他聊聊天也行，尽一个儿子的孝心。但由于父亲的劝阻和我的懒惰、忙碌，直到他去世，他每一次住院，我也没能回去。在他去世后，我曾难过地责问自己，当时我为什么没有坚持、决心回去呢？他病得那么重，有可能随时离去！想来，并不是我对父亲的感情不深，而是因为，在我看来父亲不会死，以后还有机会。没想到病魔是不等人的，父亲也是不等我的，说走就走了。没侍候过病中的父亲，而且一天也没有，我感到这是我做儿子的最大的不孝，也是我对父亲最大的后悔。

今年秋天回家，村上的老树又少了许多，村上的老人也走了很多。伴我长大的那些树，已经不存在了，随之长起的是一棵棵新树；与父亲同辈的老人，几乎都走了。我在那些新树下找不到快乐的童年，我在那老人新坟前看到了时不待人、人不待人的无情。这使我在伤感中更加明白，树有时间，人有寿命，尤其是老树、老人，犹如秋天的叶子，随时都会飘落，你有什么心愿，有什么给予，赶紧表达，赶紧给予，否则这之后有可能再也没机会了。于是，这次回家，我几乎放弃了与朋友同学的全部邀请，把时间留给家人，陪伴母亲，与亲人聊天共餐，走访亲戚村人，与亲人共享团聚的快乐。这次回家，我想对谁表达的爱，表达到了；想看的人，都看到了。家人因我的到来与相聚而高兴，因我的爱心而幸福，全家人度过了一周美好的时光。我感到，这是我具有真正意义的一次回家，也是很快乐、很安慰的一次回家。这个快乐、安慰，是因为我把我预想给亲人朋友的爱，尽心地给予和表达给了他们，使我和亲人都获得了爱的幸福。我感觉，这样的表达，对亲人和朋友的尽心关爱，是一种对亲情友情的珍惜。这种珍惜，将是爱的贮存，会让我们生活遗憾少一些，慰藉多一些。

我和兄弟姐妹都感受到了彼此的珍惜，这些年相互联系越来越勤了。家里老人中，唯有母亲了，我们兄弟姐妹也都在走向中年、老年，大家都对母亲更加关爱起来了，相互间也更加关爱起来了。大家都明白，有些爱，不能等待。有些爱，要及时表达，不然就来不及了，没有机会了，时间不等人，人不等人，不管是对亲人也好，对朋友也罢。

12. 誓言有悔

你说你活得很累，很苦，你说你对自己的婚姻很后悔，你想离开她，我听了很惊愕。但想想，我又说不出劝导你的话来。你跟一个不能站立、不能行走，靠轮骑移动的人生活，你要料理她的吃喝拉撒，你要抚慰她身体的病痛，你要承担她不能操作的家务，你要照料扶养你们的女儿，你要给这个家里带来欢笑……你的担子的确太重了，你的生活的确太忙了、太苦了、太累了。你要离开她，我虽然理解你的重重苦衷，但我不能表示对你的支持，因为你有誓言，你对这个社会，对这个女人有过坚定的誓言。你说过，你要爱她到白头。如今，你要解除这个婚姻，我不认为你在道德品质上出了问题，但我只能认为你选择了一个失败的婚姻。我只有同情你。

你是做事有主见的人。你终究离开了她。作为朋友，我能说什么呢？当初，你有选择这一婚姻的权利，现在你也有不选择这段婚姻的自由。你说你的内心很痛苦，很内疚，对不起她，这肯定是真的。但说这些又有什么用呢？时光不能倒流到你选择的当初。

你选择这个婚姻，是自己经过了一番“深思熟虑”的。我清晰地记得你给我讲述追求她的动人故事。

那是一九八四年四月，你从报上看到一篇长篇报道，文章讲述的是一位下肢高位瘫痪、经受二十多年疾病折磨的姑娘，在生活中自强不息追求知识的故事。你被这故事深深感动了。这位素不相识、家居远方的残疾姑娘的影子，在你心里翻腾着。你在考虑一个问题：健康人和残疾人是平等的，其他人能够得到的幸福，残疾人也应该得到。那么爱情也应该这样。你为这位残疾姑娘的幸福开始牵肠挂肚了。你茶饭不香，心事重重。你想，这位姑娘受了二十多年的病痛、折磨，今后的路还很长，她今后的生活谁会照料，谁会给她快乐和幸福呢？只有爱，只有一个真心爱她的人为她付出，她才能获得快乐、幸福。一位军人甘愿爱残疾姑娘的故事，给你莫大鼓舞。你决定把自己的爱献给这位身残志不残的姑娘，为她终生分忧，终生解愁。

你反复考虑后，把一封“滚烫”的求爱信投进了信箱。几十天过去了，信如泥牛入海，杳无音讯。你没有灰心，接着又给姑娘写去了第二封、第三封信。这次，姑娘终于回信了，但只有二百多字，话语淡淡的。你理解姑娘的冷淡，那是冷静和慎重，更是内心痛苦的反映。你决心用你赤诚的心和温暖的情，打开姑娘久封的爱情窗户。你以炽热的心，又接连给姑娘写了八封信。信中，你给她谈人生、谈理想、谈幸福，信的字里行间跳动着红红的“火苗”。封封火辣辣的求爱信，并没有打动姑娘的心。姑娘在拒绝这飞来的爱情。你怨恨她，怨恨她冰冷。你有点心灰意冷了。你痛苦地询问自己，傻写这么多信，是不是有点多情、幼稚？你反复思考自己的行为，觉得自己对这位姑娘的爱是纯正的，发自内心的，既不是一时心血来潮，也不是为了什么个人目的。你责怪自己耐心不够，你责怪自己意志太薄弱。你再次鼓起勇气，又接二连三“炮轰”这位“冷心”

的姑娘。你说，你文化程度虽然是高中，可给她写的信肯定是大学水平。这我相信。你那数十封充满激情和热情的信，如盆盆滚烫的水，终于“解冻”了姑娘久封的爱情冰河。姑娘接受了你的爱。

你的执着，令人感动，也让许多人费解。你是一个相貌不丑的小伙子，有那么多漂亮健康的姑娘不去追求，怎么追求一个瘫痪的残疾姑娘呢？姑娘的父母和你的双亲，都没把它看做是一件简单的事情。老人们同时都想到和提出了一个严峻的问题：姑娘毕竟是残疾人，高位瘫痪，生活不能自理。一但结婚，将给你带来很多麻烦。另外，你年轻，考虑问题肯定单纯，容易感情用事，希望你慎重考虑。你说，你已深思熟虑，不会后悔。姑娘的父母仍然不放心，找你深谈，给你介绍女儿的弱点、毛病，给你讲这样选择会使你生活很艰难，希望你能“梦”中醒悟，另做选择。但你对他们是这样说的：“我下这个决心的时候，就把将来的生活考虑得很苦。我正是想到这些，想到能为她分担痛苦，才这样做的。”

姑娘更疑惑，问你：“我是个残疾人，你图我什么？”你说：“图你有理想，图的是给你带来幸福。给你幸福是我的快乐。”决心如铁，情感如山。还能说什么呢？姑娘的父母放心了，老家的父母也无言了。你爱她爱得那么坚决，连上帝也不能质疑什么了。

一年后，你提出了结婚。你们的结婚，惊动了单位，惊动了社会，惊动了省领导。你被赞誉为“社会主义精神文明”的楷模，受到人们赞赏。单位给你举办了婚礼，省领导亲临贺喜，为你们的结合题辞。你的婚礼场面、规格，不亚于省里重点工程竣工。你的选择，你的爱情故事，在社会上掀起了波浪。电视、报纸为你们的婚礼发了新闻和专题报道。最醒目的是省报，在头版头条给你发了消息和照片、评论员文章和半个版的“事迹”通讯。

报纸上的“本报评论员”文章是这样赞扬你的：“一个青年，自愿把自己的青春年华和漫长的一生献给一位双腿残废、生活不能自理的姑娘，这是共产主义崇高思想品德的体现。这种共产主义精神告诉我们：人并不是自私的……”

如今，仅仅才十年，你说你过得太累了，太苦了，你想离开她。我做为朋友，不能指责你当初考虑得不成熟，不慎重，不能说你当初是感情用事，不能说你当初的选择是错的，更不能对你今天的抉择作出评论。因为，你毕竟为“高尚”付出了这么多，你当初的选择和长达十年之久的真情付出，毕竟是高尚行为。因而我没有资格批评你。

你离开了她。你说你离开她的这些日子，心里很不安，你的心越来越内疚，而且很痛苦，这是你本质的高尚没有丢。我很敬重你的高尚。但我也劝导你，既然如此，你也不必在痛苦中生活；既然作出重新选择，就应该寻求新的快乐；既然已反悔了誓言，不必再为此折磨心灵。生活中有许多美好的承诺、如山的誓言，不都因为誓言有悔而化作云烟了吗？许多美好的结合，幸福的“天配”，都不因为誓言有悔而分道扬镳了吗？因而，你不必内疚，不必忏悔，不必痛苦。我要说的只有一句，朋友，你还要选择，你还要对新的生活、新的人许承诺和作誓言，但愿以后的选择不再后悔。

13. 一件床事

那时小A做办公室主任，充当大秘书的角色。单位里两个一把手，四个副职，谁讨厌什么，谁有什么喜好，得揣摩他们的心思。小A生来愚笨，六个领导的心思，常常有揣摩不透的时候，尤其是在两个一把手的喜好和偏爱问题上，揣摩不清楚。一个一把手，喜好女人，是半公开的，只要是他看上的女人，他都不会放过。好几次，在办公室的沙发上，小A发现有女人的长头发和发卡。还有两个副职，也有绯闻……那位一把手领导办公室的沙发不算很宽大，他又胖，小A为领导简陋的委屈所为，不可理解，也很同情，不敢帮忙，但又只能装作啥也没看到；另外一个一把手和副职，是不是有这种喜好，揣摩不清楚。有段时间，小A揣摩领导的这种喜好，不是要迎合领导的爱好，给他们做这方面秘书服务，给他们成全什么“好事”，只是遇到了一件事情，让小A对此颇伤脑筋，不知怎么办才好。

那是给领导办公室配床的事。

六个领导要搬到带有洗澡间和卧室的办公室。室内配其他东西都没有异议，只有卧室配床的事，定不下来。定不下来的缘由是，配单人床，还是配双人床的问题。

给办公室卧室配单人床，还是配双人床，没有先例，过去只配过沙发，没有配过床，不好效仿。小 A 请示六个领导，有的说配单人床就行了；有的说，配双人床吧；有的说，你看着办吧。小 A 不知道怎么办好。在小 A 看来，配单人床比较好。单位是女人成堆的地方，很多女人很富于联想，配双人床，女下属来办公室谈话，或领导在办公室过夜，容易把双人床和领导“想干什么”和“干了什么”联想起来，产生误解，对领导的形象不太好。

那么配单人床？如果配单人床，好像更难办，那么大的卧室，放张小小的单人床，有点儿空荡荡的。这样虽然可以让人感觉床只是午休所用，不会让人产生怀疑和联想，而使卧室空荡荡还是次要的，关键是，领导有喜欢双人床的，且提出了给配双人床的要求。如果配单人床，可能会让有的领导产生你对他有什么怀疑和想法，是在故意对着他干，如果是这样，那就坏了。

究竟是配单人床，还是配双人床，这件事怎么办才妥当呢？小 A 一时想不出好办法。但越想越感到做领导大秘书难。于是就琢磨出了个理：跟什么人在一起最累心，跟两种人在一起最累心：一类是女人；一类是领导。跟这两种人相处，你得揣摩清楚了他们的心思，揣摩对了女人的心思，女人会像条哈巴狗一样，跟你走；揣摩对了领导的心思，领导会把你当做哈巴狗一样，喜欢你。因而，要讨得他们喜欢，你为他们做有些事，是不能问的，问了不仅会得不到真实的想法，且会认为你是笨蛋。聪明的男人，一般不会动脑筋揣摩女人的心思，而是往往为女人所揣摩。聪明的男人会揣摩什么人，揣摩领导，揣摩清楚了领导的心思，事情就好办了。尤其是做秘书或办公室主任什么的，揣摩领导的心思，是种体现智力的游戏。

可在办公室卧室配床这件事上，小 A 的智力游戏，怎么才能玩到领导心坎上呢？他琢磨来琢磨去，感到不能听几个领导“配单人床”的意见，还是配双人床，比较妥切。他的理由是，虽然有几个领导提出配单人床，虽然他们是那么说的，但即使给他们配上双人床，他们也不会有意见，毕竟双人床比单人床睡起来要舒服，况且有的领导对双人床会非常高兴；即便是群众会对双人床产生联想，那大可不用理他们；即使有的领导在办公室的双人床上做点儿什么，那是领导的事，他的名声好坏，跟床有什么关系，跟别人更没关系。于是，给六个领导每人配了双人床。六个领导谁也没拒绝双人床。

配上了双人床，而床上是配一个枕头或两个枕头，又使小 A 费了番脑筋。究竟是配一个枕头好，还是配两个枕头领导更满意？他揣摩领导的心思的结果是，一律配双人被子、两个枕头。他也想到了领导和群众会问，为何配双人被子、两个枕头，是啥意思？也许会有人责怪他，你给领导既配双人床又配双人枕头，是让领导家外有家吗？他早想好了说辞，他会极其认真地说，我没想那么多！

果然，有人对双人床、双人被子、两个枕头，产生了联想。责怪地问小 A，为何给领导配双人床、两个枕头，你这不是给领导提供犯错误的方便吗?！他极其认真地对他们说，我没想那么多！他以这极其严肃的口气“撂”出这句话，等于批评了别人想多了。从此，单位的人再也不说什么了。他感觉六个领导，虽有人对此有点儿责怪，但都是笑眯眯地接受了。这件床事，以夸张和幽默的方式去办，小 A 感到自己是智慧的。

然而，任何事情，总会隐藏这样或那样的玄机和矛盾。这件给领导办公室卧室配双人床的事，没想到领导没有反感，单位也没有更多的风言风语，而在领导的夫人中，却掀起了不小的波浪。有一天，那位喜欢女的的一把手的夫人，气冲冲地到小A办公室，质问他，你给领导配双人床，还配双人被、双人枕头，是什么用心?！小A说，没有什么用意，就是为了嫂子你陪领导晚上加班休息方便些……小A这话，把她的火气给压住了，她二话没说，扭头走了。小A看得出来，她对他没话说，并不是对他没意见，她对他恨恨的。果然，她在后面指责他说，这家伙给领导配双人床又配双人被子两个枕头有坏意，是给领导“胡来”提供方便……还有几个领导的夫人，对配双人床、两个枕头、双人被子的事，想得也很多，对小A阴阳怪气的，虽然不敢对他说难听的话，但她们说话鼻子里冒着粗气的样子，有点儿恨不得咬他一口才解气的那种感觉。这表明，她们对做小A领导的夫君，并不放心，还有怀疑和不放心。小A暗自说，怀疑是你们的事，放心不放心也是你们的事，跟双人床，跟放双人被子、两个枕头有什么关系！

这件配床的事情，引起了单位好事者，尤其是领导夫人的猜测、联想和怨恨，让小A很烦恼。他想，不就是一张双人床吗？不就是在双人床上多放了一个枕头、不就是被子是双人的吗？何必联想那么多呢？床是睡觉的，双人床上可以睡一个人，也可以睡两个人，双人被子是一个人用的，也可以两个人用，床上睡几个人，跟谁睡，这就是领导的事了，也是领导夫人的事了，你们爱咋想咋想去吧，与我无关。

14. 如若生命与灵魂相爱

一

“你的生命是借来的，总有一天要还回去。”我每当想起这哲人的提醒，心里总生一番联想。

生命是从哪里借来的吗？最终还给谁？生命也许是从大地上借来的，最终还给泥土？生命是从上天借来的，最终还给上天？生命是从神灵那里借来的，最终还给神灵？也许三者中有一个是其主。

那让我虔诚无比地膜拜借我生命的那位主吧，请把借给我的生命，作为一件恩赐的物品，永远地送给我吧；如若舍不得赐送，那么长久地借给我吧，不要急于催还。借我，千万别是常态的几十年，借我二百年、三百年、五百年，一千年……打个五千年或一万年的借条行不行？如果可以，我愿意为造人主做五千年或一万年的奴隶。

“生命是借给你的，终归要无条件地归还，谁也不例外！”我的念想，似乎遭到了上苍的训斥。我的痴心妄想，一次次被自己否定了，也对上苍一次次产生深度的敬畏。是的，任何人没有理由提这个请求，自古至今的上苍，对谁也没给过这个面子，也从来没有给谁开过恩，概是有借有还，只是迟点早点归还而已。

你折服上苍的无情，是因为所有人都明白，至今泱泱世界的人海里，没几个人活到二百岁的，活到一百多岁的也很少，甚至是贵为皇上、帝王、天子和英雄、豪杰的人，也没有几个活过百岁的。所以在“生命是借的，终归要还”的公平铁律面前，我只能胡思乱想罢了，应当无话可说。

但我们不相信自己会很快死去，也不相信自己会比别人活得短。我们总自以为会活得很长，很长，其实我们的生命在“倒计时”，后面的时间，都是走向死亡的时间。之所以这样，那些一脸灿烂的人，那些精神抖擞的人，那些不懈创造的人，是最知道这些道理的人；那些愁眉苦脸的人，那些无所用心的人，那些不愿意为人付出的人，是不明白这些道理的人。

生命有期限，仅仅几十年时间，是很短、很短的，短得在时光的长河里，只是个瞬间。忽然感到，人是多么地可怜，在如此短的时光里，要长成人，要老去，要病去，要离去，就如一草一枯荣经历的春夏秋冬一般，匆匆、匆匆。人该怎么活才能把几十年的时限，用好，活好，享受好呢？我想到了生命与灵魂。

二

人，不单单是生命血肉的组合，应当是身体与灵魂，也就是生命与思想两者形成的吧。血肉的生命，必须由灵魂相伴，也就是思想和智慧相伴，才会给生命赋予真正的意义。一个生命与灵魂，也就是思想和智慧相切的人，大多是把生命用到极致、享受到极致的人。一个没有灵魂，也就是没有思想和智慧的生命，是低级的生命。一个生命与灵魂相背或不协调的人，是浪费生命的人。要用好，享受好自己的生命，首要的是要让生命跟灵魂相爱，是让灵魂爱恋自己的生命。只有灵魂爱恋他的生命，生命才会爱恋他的灵魂。

既然生命是借来的，那我们对生命应当无比热爱才是。热爱生命，就应让灵魂尊重生命，尊重生命，才能使生命的质量和长度，走到极致。走到极致的生命，会像常青树，不易枯萎，那生命的长度，也许是九十岁，也许是一百岁，也许是二百岁呢。科学家说，人的生命极限，是二百多岁。而绝大多数人，只能活到生命极限的少一半，是因为我们更多的时候，我们的灵魂跟生命，是处在不和睦、不友好、不协调状态下的，灵魂折扣了生命的质量和长度。不是吗？生气是百病之源，而我们常常为很小的一点事生气，甚至气急败坏地生气；心高气傲是养心修性的大敌，而我们总是与他人格格不入，甚至狂傲得心里只有自己；醉酒伤身造病，而我们在酒桌上却“宁伤身体不伤感情”，甚至是醉生梦死地喝；抽烟伤身造病，而我们一天一包两包三包地抽，甚至是只要睁眼就不停地抽；每每偏好和嗜好会严重伤害身体，而我们不顾身体的承受却信马由缰，甚至只顾一时痛快地做……我们的一些性格、偏爱、习惯、思维等等，与生命的规律是那么相背，与生命是那么不友好。这些相背和不友好，使我们的生命与灵魂常常处在斗争的状态，而大多受损害的又往往是生命。

三

人，如若没有意外死亡，没有特殊的遗传疾病的死亡，没有灵魂对生命的摧折，完全是可以活得很健康，活得很长很长的，我对此坚信不移。但我们每个人，几乎都会形成一些违背生命长久的坏习惯、坏性格。如果我们的灵魂格外尊重生命，我们的灵魂格外爱恋生命，我们的生命完全可以减少很多疾病，减少对生命的很多损伤，减少生命衰败的进程，让生命之花绽放得长久而绚丽。

我们完全可以活得很久，而且活得很久也会活得健康，关键是做到如何爱恋、爱惜生命。活得很久，活得健康的意义，是深刻的，他对于自已生命运用，对于生活质量，对于亲人幸福，对于社会，都是一份无可估量的贡献。

既然我们从上苍借来了生命，且只能借一次，借了终要还回去的，那让我们把生命“借”得长久而非常值得吧。这长久而值得的价值，是生命的质量和获得的快乐与幸福。那么，我们不妨让灵魂与生命密切对话，让他们深深相爱吧。

15. 长寿的意义

谁都想活得很长，而究竟活多长才算是真正的长寿，才算活够了呢？

如果让所有的人思考这个问题，也许所有的人会有不同的企望。如果能活到一百岁、二百岁，或者活得更长多好，如果真能活到几百岁、上千岁多好，而如果真正能够活到这么长，又会想，活得多长也得死，干脆不死多好！要活着不死，是不可能的，要活到几百岁、上千岁，也是不可能的，但要活到九十岁、一百多岁是有可能的。在这样的困惑下，我们都会有一个盼望，人既然总有一死，活到百岁也不易，那么能不能让我活得比别人相对长一些呢？为什么要活得长一些呢？而我们祈求长寿的目的和意义又是什么呢？

一般来说，我们会这样看待长寿有无意义。那些每天都在做事，每天都在创造，每天都在为社会和他人忙碌的人，那些社会需要的人，即使他是残疾，即使他在病榻上，我们认为他们的长寿富有意义；那些仅仅为自己而活的人，饮食终日无所事事的人，活得无聊而悲观厌世的人，我们会认为他们的长寿，没有意义。

其实这只是我们自己的看法，长寿对任何人来说，有没有意义，不是谁能够为谁下定义的事，长寿对自己来说有无意义，只有每个人自己才能说出理由来。因为生命是平等的，不管他的生命是高贵还是卑贱，是伟人还是贫民，谁不愿意拥有长寿呢？

我们长寿的意义，是我们能坚持百折不挠活下去的更多理由、信念和精神支撑，是建立在爱一个内心的世界、爱一项神圣的事业，爱所爱的人上的，而所有活下去的一切力量，好像都来自爱一个人、一群人、一个国家、一个民族上。这是我们许多人愿意长寿、追求长寿的原因所在。如果哪一个人，没有这些强大而美好意愿牵引，只是为了活着而活着，这样的人是很难长寿的。我们发现，大凡长寿的人，他们的心中都有一种信念，如若信念的灯塔熄灭，那生命会很快枯竭。哪怕他是个十恶不赦的人，他追求长寿，而且能够获得长寿，那一定是他心中有什么希望在为他的生命助力，否则早就会自我毁灭几千次了。

我们活着的人，而且能够长寿的人，得感谢这个美好的世界，更得感谢我们的亲人、朋友和我们所喜欢的人。没有他们，我们就会失去活着的意义、活着的力量和信念。与其说我们的长寿，是上天赐的，不如说是我们所爱的人给予的。

因为我们活着，在痛苦中活下去的更多理由、决心，是为了在感情上、物质上不断地给予别人，让别人活得幸福。这个别人，是自己的亲人、朋友，也是同胞。所以，我们活着往往是为别人活着的，我们活下去的勇气也是别人给的。否则，我们很难走向长寿，而且长寿也没有意义。

我们的熟人和亲人中，有太多这样的现象，那就是所爱的人跟所爱的人好像约好了一样，一方去世了，另一方也很快离世了。有的先后不差一个时辰，有的在同一天，有的在同一年；有的所爱的一方活得长寿，而另一方也活得很长寿。这是因为心中有爱，把对方爱得越深，他越会珍惜自己的生命。

每个活着的人，不管愿意不愿意，无不跑在“马拉松”竞赛场上。前面是长长的生命之路，脚下是生命的终点。倒下来，若接着跑，生命仍然存在；倒下来，不再跑，生命就终止了。实际上，能够跑到终点的人，都是些有坚韧毅力、有坚强信念的人；倒下来的，不再努力的人，肯定是意志和体质薄弱的人。而毅力和体质，还不完全在于老天的赐予，更多的是靠个人的培养和锻炼。有一头狮子追捕母鹿和公鹿，我们以为母鹿肯定遭殃，替它担忧，因为走远的鹿群里，有它的孩子。如果狮子把母鹿吃了，那是我们不愿意接受的。事实上，公鹿身强力壮，理当要比母鹿跑得快，但恰恰是跑到精疲力竭时，母鹿跑得比公鹿更快了。在狮子穷追不舍下，没想到公鹿越来越跑不动了，后来干脆不跑了卧在地上等狮子来“打发”它。结果母鹿逃脱了，看起来强壮的公鹿却成了狮子的美餐。

为什么强壮的公鹿没有跑过弱于它的母鹿？为什么强者的公鹿倒下了？如果认为公鹿是为了以身救母鹿，想它不会有这样的觉悟和境界。而实际上，它们的差别和成败，就在于它们的逃生的目的不一样。我们看到两只鹿在逃生中，母鹿眼睛紧盯鹿群，盯着它的孩子，这让它勇往直前地摆脱了困境；公鹿在惊慌中却没了方向，乱了阵脚，加上没有坚强的毅力，只能遭此命运。

人，何尝不是如此呢。一个活下去的人，一个能够摆脱无数困境的人，一定是心有目标的人。这个目标，就是人活下去，并长寿的意义。

16. 熟悉的陌生人

她瞅着他疑惑地问，你究竟是个什么样的人？他说，我们生活了三十多年，你还不知道我是什么样的人?！她说，有时候你让我觉得极熟悉又陌生：陌生你的性格，也对你的内心有陌生感。他说，我们每天在一起并不少交流，我在做什么想些什么，你应当知道的，为什么会有熟悉而又陌生的感觉呢？她说，极熟悉的是你的声音，你的脸庞，你的身形，你喜欢做什么，偏爱吃什么，可对你的急躁和坏脾气不解，它让我对你产生陌生感；还有，你是不是个贪财的人，你有没有好色的一面，陌生得很……

我听一对夫妻的闲聊，勾起了我对一个提问的思索。

你对熟悉的人会有陌生感吗？有人问过我这个问题。我在我最亲近的人和最熟悉的人身上寻找答案。最亲近的人是父母、爱人、兄弟姐妹和亲密的朋友，熟悉的人就更多了，有同事、同学、邻居，我对他们熟悉到什么程度，有多少陌生的地方？我感到对他们既熟悉，也陌生，包括对自己最亲近的父母、兄弟和爱人。

我的父母对我是熟悉的，而又是陌生的。我从十八岁离开他们，几年回一次家，回家仅仅几天时间，他们对我有多少了解，有多少东西我没有告诉他们，因而他们对我是熟悉又陌生的。他们把我生下并养活到十八岁离开，他们知道我的脾气秉性，但不知道我在想些什么，在做什么事情，为什么那样做，为什么会不听他们的话，他们感到陌生。这些陌生，其实在十八岁以前就有的。比如，我顶撞父亲，父亲一次次教训我。我为什么会顶撞他，我为什么会被教训，是由于父亲不了解我，我也不了解他的缘由。我跟父亲没有过平等、友好的交流，只有看他的脸色行事，他也只有用厉声跟我交流；我跟母亲没有深度的交流，我只是吃她做的饭，她只是接受我孝敬她的钱物，彼此都有苦恼。我们内心是陌生的。

陌生，随着我参加工作远离他们而渐多，他们不了解我在做什么，我有什么想法，有哪些大的变化。我也不了解他们想些什么，最需要什么。在我看来生病时他们最需要的是钱，我就给钱。就这些而已。我相信，我父亲在我四十岁时去世了，他对我有着许多陌生的地方，我对他也是。母亲健在，但对儿女也是熟悉而陌生的。我们不敢跟她倾诉心里的苦恼，我们也不理解她有吃有穿有儿女“供奉”着，还说“孤独难受”。她平日想些什么，有多大的忧愁，内心痛苦是什么，我们不清楚。

长久相守的夫妻，彼此有多少陌生的地方？听多了如同那对生活了三十多年夫妻的对话，就让人有了困惑，许多年长夫妻也有一些地方的陌生。有的说，他睡熟的时候，他跟我吵架的时候，他离开我的时候，我感到他很陌生，感到是另外一个人。这是一种不自信和误解吗？有，但也有更多的陌生。有的说，我跟她生活了很多年，我对她内心深处不了解，对她的性格了解但又有陌生感……便会不解，为什么会有很多误会？为什么难以沟通？为什么会长久地争吵？为什么会分道扬镳？因为彼此的某些陌生藏在其中。有位聪明女人说，人有多面性。不要以为她跟他熟悉得连脸上、身上长几颗痣都一清二楚，你就认为对他熟悉透顶了，你熟悉他身体外的一切，而你对他的心一清二楚吗？你对他的另一面一清二楚吗？他心里藏着你不知道或不愿让你知道的东西是什么？这些疑问，往往被燃烧的爱，被繁杂的生活掩盖了，忽略了，淹没了。很多夫妻，只是熟悉了一个什么面孔的人，一个什么声音的人，一个什么喜好的人，一个什么品行的人，而缺少了解他的内心真正是个什么样的人。陌生，其实是没有看到一个人真实的内心。

看来陌生不是以时间来消融的，陌生有着复杂背景的。

这个聪明女人的推论，也验证了我对人们婚姻里，藏有太多陌生的看法。由此看来，熟悉而陌生的夫妻，不仅多在新婚夫妻中，也出现在不少同床共枕了几十年的夫妻中。

是生活太复杂，还是人心太复杂，是生活让人太难看懂，还是人的心让人太难看懂？也许都有。既然长久相守的夫妻，也有陌生的地方，那么兄弟、朋友、同事、熟人，让你陌生的地方就会更多。与你血肉相连的兄弟姐妹，是再熟悉不过的人了，如果性格的差异和追求的不同，你会发现有许多地方的陌生，即使金钱不分你我，也会有陌生的地方。相处了几十年的朋友，你自以为对他肉里的每个细胞都是熟悉的，偶尔也会有陌生的感觉。你会对他所做的那件事，所说的那番话，让人感到与熟悉的他不沾边。但现实是，他就是这样做和说的，你感到他陌生，陌生得很遥远。相处了几十年的同事，有的在同室“坐”到了退休，你觉得对他再熟悉不过了，但一些事情面前，却让你忽然明白，你对他的熟悉是有限的，甚至所谓的熟悉是表层的，你只是熟悉透了他的那张面孔和一些行为习惯，你对他的生活全部，对他的内心，很陌生。

于是会问自己，我们生活在再熟悉不过的亲人中，生活在熟悉的朋友中，生活在很多熟悉的人中，有多少熟悉而不陌生的人？有几个最熟悉的人的内心让你不陌生？你会感到很少，很少。这是为什么呢？是我们活得太匆忙，活得粗疏，活得太自我，活得不真诚吗？这些困惑，可能都存在于问题的其中了吧。

熟悉的陌生人，拉远了人与人之间的距离，让生活复杂，让人与人疏远。熟悉的陌生人越多，我们活得越累，也会活得孤单。

人走进人的内心，让熟悉的人不陌生，难吗？不难。只要敞开一颗真诚的心就行。

二、坠入莫名的状态

1. 背着手睡觉

有谁睡觉会背着手呢？有人对我说，他单位的那头儿，连睡觉都是背着手的。细问才明白，他们这个头儿牛，牛得面对别人总是背着手的，在别人面前走路总是背着手的。大家就以为，他睡觉也肯定是背着手的——牛到天亮，接着牛。

这显然是幽默之极的讽刺。想象背着手睡觉，是个什么样的别扭样子呢？如果是仰卧，那是两只胳膊背在后面，沉沉地被压在两臂上，那会压得双臂疼痛难忍，想必这样痛苦的睡觉方式，是自己折磨自己，怎么会睡得着呢？连傻子也不会那样做；如果是侧卧，那其中的一只臂膀，会被压得疼痛难忍，想必这样痛苦的睡觉方式，也是自己折磨自己，怎么会睡得着呢？连傻子也不会那样做；要是背着手趴着睡，那臂膀倒轻快了，而嘴啃下面，要么是歪着头，要么是压着鼻子，弄不好会有窒息的危险；要么就背手坐着睡觉，背手坐着睡觉倒轻松，臂膀不疼也没窒息的危险，但能睡得着吗？除非一心把手背到天亮。这是自己跟自己做对，傻子都不会这样睡觉……想那背着手睡觉的几种姿势，竟然让我乐得笑疼了肚皮。是谁想象出的这个损人的动作，很是深刻。

在发笑的同时，又纳闷，怎么会有“背着手睡觉”的联想？

这个联想太幽默和生动了。想来，有人在下属面前总是背着手，一幅天地老大的气派，那让人会联想他上厕、用餐、睡觉，甚至做爱也是背着手的。

背着手是一种什么样的心态？是种池中老大的心态，是种居高临下的心态，是种不可一世的心态，是种权大或财大气粗的心态，是种目中无人的心态。有这种心态的人，怎么能够让别人感到他的居高临下，感到他的绝对权威？除了言语狂傲外，举止最容易体现他内心的方式，就是背着手走路了。在下级面前总是背着手走路的人的心态奥秘，全在背着手的姿态中体现出来了。

但背着手走路的人，背着手向下属训话的人，并不是从娘胎出来就背着手的，也不是种习惯，也不是背着手说话、走路就很舒服，也不是在任何人面前都会背着手说话，背着手走路的。他在上级面前，是绝对不会背着手说话，也绝不会背着手走路的。那他会把手放哪儿？他会挽垂在肚皮前面。把手挽垂在肚皮前面，是种什么样的心态？是种惧怕与敬畏的心态，是种服从与顺从的心态，是种谦虚与好学的心态。总是背着手的人，在什么人面前会把背着的手挽垂在他肚皮前面呢？在比他官大的人面前。你看，那些在下属面前总是背着手说话、走路的人，他们见了上级，立马会把背着的手放下来。他很清楚，背着手在上司面前说话、走路的结果是什么。所以，在下属面前背着手说话、走路的人，背着手是故意的。

没有含义的背着手走路，或背着手漫步，是一种相当轻松愉悦的方式。人的两臂和手，除了用它之外，把它背在后面，两臂和手顿感轻松舒坦，这是种调节。当我们轻轻地背着手，漫步在街头、湖边、林荫道上，或者踱步在思考的当下，那是轻松自如的感觉。这种感觉传递给内心，是种惬意。

但让人最为难受的，是强迫他长久地背着手，那是被用于训练，被捆绑的时候。被捆绑，是用结实的麻绳背着手捆绑的，那是种缚鸡式的强制背手，皮肉筋骨的疼痛是不言而喻的。自古以来，在没有发明手铐前，抓人、刑前，都是背着手捆绑的。被背着手捆绑的大官，是秦桧。他是奸臣，被背着手捆绑了杀头，还不解愤，又把它刻成跪雕，把他背着手五花大绑式地绑起来，让他跪在岳飞的墓前。也许他是背着手最长的官员，他背着手背了几千年，只要他的石雕不朽，他会永远跪下去。想来，秦桧最不怕的是砍头，人都是要死的，死了就死了，而他最怕的是两个姿势了，一个是背着手，再就是跪。他肯定在阴间发过誓，来世绝不会背着手，也不会轻易地跪地，这姿势太痛苦了。

背着手走路，背着手睡觉，除了没有用心之外，还可以治疗驼背、颈椎、腰痛等不良杂症什么的。但背着手治病可以，而背着手睡觉，那是绝对睡不着的，那样双臂会麻木和疼痛难耐，不信试试。

2. 某种角度

有了角度，就有了看事物的出发点；有了角度，才会出现某种角度。某种角度是种什么角度？是常规角度以外的角度，是另一种角度，是另一种角度的另一种角度的若干种角度。事物是由无数个角度组成的，除了圆、空气、一种颜色，找不出某种角度，其他事物，似乎是有某种角度的。不同的事物，不仅有不同的角度，也有着数量不等的多种角度。

角度，某种角度，是眼睛看出来的，是脑子思出来的。双眼会发现某种角度，还会发现多方位角度。这种种角度，使我们对事物有了新的看法，也让我们发现了事物的不同点。某种角度，也是我们产生正确认识、产生错误观点的出发点。

究竟哪种角度，是一个事物再现它本来面目的最佳角度？究竟哪种角度，是一个事物和现象最真实、最美好的角度？既然事物有它的本来角度，也是有它最佳的角度，有它最美的角度的。人的眼睛和思维的长期平视与思维的定势，总是习惯一个角度看待事物、想象问题，也很容易形成“一条线”和“管子式”的想象。

眼睛往往看不到某种角度，因而眼睛是有局限的；思维因为想象不到某种角度，思维也是有错觉的。眼睛必须看到某种角度，才能看清本来角度的真伪；思维必须想到某种角度，才能够辨别本来角度的丰富。

因为有了某种角度，才发现这个世界是千姿百态的；因为有了某种角度，思维才有了无限的路径；因为有了某种角度，眼睛才改变了平视和一个角度看事物；因为有了某种角度，才看到了事物寻常看不到的一面；因为有了某种角度，才会看出、想出事物不同的效果。

喜欢用某种角度看问题，是寻找正确方法的好的方式和习惯。人生，累在不断寻找方法上；成功失败，也取决于方法。寻找正确与最佳角度，就是寻找正确与最佳方法。

也因为有了某种角度，思维才变得复杂起来，眼光才变得眼花缭乱起来；也因为有了某种角度，才出现了迷惘、困惑、失落、偏颇、错觉、误区。由于没有找到正确与最佳角度，眼睛的认识和想象的认识，就会有一孔之见、以点带面、坐井观天、背道而驰、是非不分、黑白颠倒、阴差阳错等等错误和谬误。

需要用角度校正认识的错觉。虽然有多种角度，但事物总是有最真切、最健康、最美好的一面。正确的认识、选择、出路，来自寻找正确的角度，包括某种角度。哪怕有了某种角度，还是要着眼于大角度。事物的大角度，也许是代表事物的最佳角度；最小的角度，也许反映的是渺小、狭隘的侧面。

成功的一切方法，都藏在最佳角度里。射击的最佳角度，决定了命中；击石的最佳角度，决定了顽石的断裂；眼光的最佳视角，决定了一个事物的形状；思维的最佳视角，决定了判断问题的准确性；想象的最佳角度，决定了思维空间的大小；行程的最佳角度，决定了路途的远近……

某种角度，是耐人寻味的魔方，需要从多种角度，才能拼成鲜艳的画面。这个鲜艳的画面，是角度的最佳境界，也是真实表现事物、走向成功与完美的目标。

某种角度，是人终生面对的选择。

某种角度，是决定成败的关键。

某种角度，是值得追寻和探索的事物。

3. 空白一片

好几天琢磨起了“空白一片”的事来，是因为走上主席台，本来想好说什么，结果脑子一时一片空白，不知说什么好。当时和后来，感到这样的空白，是很可怕的事情，甚至是让自己感到非常羞愧的事情。我在反复琢磨，是什么让我脑子一时一片空白，是主席台鲜艳的台面耀眼的缘故，是主持小姐娇美动人而活泼逗人的酒窝和笑眼，还是蜂拥而至的记者们的闪光灯、电钨灯和摄像机的照射，还是数百人眼睛投来的目光？很难说清楚，是哪种因素使我脑子一时一片空白。也许这其中的任何一种原因，都会使我脑子一时一片空白的。

我说脑子一时空白是让人可怕的事情，是因为这样的空白，让我们非常难堪。而这样难堪的空白，几乎充斥在我们生命的每时每刻之中了。空白是，无数的没有加上没有，等于无。

即使是没有置于大庭广众之下，即使没有什么外来干涉，即使独处在清静的空间里，也会有思维空白的出现。那种状况是，思一个问题，想着一个故事，构想一段情节，叙述着某事端倪，回顾往昔岁月，甚至回忆一段历程、一个人、一件当时在别人看来了不起的事情，脑子忽然空白，空白得找不到一点儿痕迹。即使绞尽脑汁找到了一点儿痕迹，那仍然是留有痕迹的空白。

你会偶尔碰到有陌生人问你，“我们二十年前见过，你给我办过一件事”，我说想不起来了。“陌生人”又描述一番，脑子里却只有痕迹，这个“陌生人”和给他办的那件事，在脑子里一片空白。

你会回想在一个楼里消耗了你十年时间的有些人和事，你脑子里仍一片空白。当时是那么在意那个人那件事，现在怎么想也想不起来彼此说了些什么，最后的结果是什么，甚至还在场的有些人都不记得了，再想，脑子仍是一片空白。为什么会使记忆一时空白，是那些年的时光或那些人和事，是华而不实构成的生活和记忆吗？好像是。那段生活，那段生活里的一些人，是那样无聊和乏味，而自己又是那么浮躁和虚无，浮躁和虚无加上无聊和乏味，生活的时光里会留下多少不可忘却的东西呢。你第一次跟女朋友长吻，因为是第一次，所以你很激动，激动得你大脑一时一片空白。女朋友反复问你，“什么感觉？”说实在的，你在长吻时血液涌顶脑子一片空白，只有肉体的快感，大脑空白一片。过后，你奇怪，为什么在极度兴奋的时候，脑子竟然一片空白，思维和记忆究竟到哪里去了？

夜晚入眠，是生活的继续，还是生活的空白？如果说是继续，那么清醒时生活的一切都停止了。那么如果说不是生活，那么梦是什么，留在脑海里的梦，又充填了睡眠后的大脑？入眠，无论梦多么精彩，那应当是人在一天中生活的空白。人的一生，要入眠三分之一的时间，要把它视为生命和生活的空白的话，这个空白长得简直让人无法接受。而这个长长的空白，日复一日地随着我们的生命轮回，让我们日日常新，不得不接受。

白纸是空白的。寻常情况下，看到一张白纸，是什么也没有的感觉。而在考场上面对白纸，即使对考题毫无疑问，这种空白却让人紧张。于是就有了“白卷先生”张铁生的出现。张先生在面对白纸时脑子一片空白，连一道题也写不到白纸上，他交了白卷。这“空白”的卷子，让他成了造反英雄，结果引发了一代人以白卷为自豪的追寻。答卷的空白，让一个民族在一个时期，把空白当成了进步。空白往往会成为愚蠢的政治和卑鄙的阴谋的工具。

空白，会让人的思维变得贫乏。当我行走在北方茫茫戈壁的盐碱滩上时，没了土地的颜色，没了绿色，大地一片空白，空白得让人心慌，甚至连喘气都有些困难。这一片连一片的空白，连我的想象也不断出现空白地带。那一次长达数小时的穿越戈壁，使我对这种空白，产生了恐惧，非常害怕见到这样一时望不到边的空白。

还会列举很多让人刻骨铭心的“空白”。空白，跟我们形影相吊。讨厌空白吗？有点儿讨厌，非常讨厌，但空白构成了我们生命长河的色彩。人的一生和一幅图画一样，没有空白的艺术，是不存在的；没有空白的时光和生活，也是不存在的。

得与空白妥协，也得学会欣赏空白。而问题是，“空白”究竟是怎么诞生和存在的呢？在厌恶空白中，我理解了一位哲人的话，他说：“空白的超级没有，并不是没有，也不是缺失，而是更多，而是无限地超多。‘无’表面为超级没有，实为无穷尽的‘超有’。”他还说，空白不是指事物现象存在的缺失，也不是万事万物现象运动存在的真空，而是对事物存在的不断盲构或无限的空殖；空白在一切的存在和发生之外和之上，在事与物之外和之上，在万有之外和之上，在时间之外和之上。

"无"在所有"有"的之外和之上。

某些空白，也是种美吗，譬如图画的空白、书页里的空白、文字间的空白、记忆的空白，等等，没有这些空白，就会失去美感。这是色彩和内容里的空白，这样的空白，是种美。

但我还是很难接受想象的空白、感知的空白、生活的空白、生命的空白、离别的空白，这些诸如此类的空白，让我们的生活和生命，变得乏味、无聊、单调和没有了色彩。生活和生命中，少些这样的空白，该有多好。

4. 黑的白的

窗口两只鸟叫，一只是喜鹊，一只是乌鸦。喜鹊的叫声，在我来看，在所有的人来看，都认为是悦耳的叫声“家——佳佳——家——佳佳……”“佳”就是好，你家有佳事。人们自然把喜鹊看做是报喜的鸟。每逢喜鹊窗口叫，心里便洋溢出一份喜悦：喜鹊来预告了，今天家有喜事，有好事，赶紧出门去做吧，好事喜事在等着咱家呢。在喜鹊的叫声里，心情为之一爽地走出家门，也对好事喜事的降临，有了一份信心。果然，听到喜鹊报喜的这一天，做事不仅很顺，还有好事。至于有坏事，一般也不会怪到喜鹊头上，喜鹊是报喜的，天有不测风云，好事也会瞬间变成坏事，还有好事等着呢。果然，第二天又来了好事，于是就相信，喜鹊的名字名副其实，是喜鸟，是吉祥鸟。

在窗口也有听到乌鸦叫的时候，那听上去带着嚎声的“啊——啊——”，极似“哀——哀——哀哀……”。这叫声粗鄙、野蛮、悲凉，很容易让人产生“哀”的感觉。乌鸦的叫声是报恶的鸣叫吗？它是报恶的恶鸟吗？事实上它常在坟地，死尸出现的地方嚎叫，它吃腐烂的东西，它的形象与叫声，是那么地与坏事恶事联系在一起，所以乌鸦塑造了它恶鸟的形象，报恶的使者。听到它叫声，让人心里顿时紧张，今天会有什么不好的事情？果然，乌鸦叫，这一天就不顺，不是有生气的事，就是有倒霉的事。是乌鸦料事如神，还是乌鸦与坏事巧合？说不清楚。但乌鸦的恶叫与坏事的来临，常常不谋而合。乌鸦是恶鸟，同它浑身通黑的毛色一样，被人十分不喜欢。

这让人纳闷，两只鸟虽一样的身材个头，身穿大小一样的衣服，都有喜欢跟人亲近的习性，都有喜欢向人喊叫的习性，因衣服相同而花色有别，因叫声不同，而让人喜欢喜鹊而讨厌乌鸦。两种几乎相同的鸟，为何一个是天使，一个是魔鬼？是因为乌鸦是全身黑，喜鹊是黑大衣白衬衫的区别，让它们的性格不同，叫声不同了？听两种鸟叫，让人会是两种心情。

也许我与众人对乌鸦有错觉。科学家说，乌鸦不仅聪明，且是鸟类动物中知反哺的孝子，列举了许多乌鸦有多可爱的例证。这些都不重要，我也不会迷信喜鹊和乌鸦的，我也不想说喜鹊和乌鸦的长和短，我是想用乌鸦和喜鹊的天使与魔鬼的印象，说黑与白的现象。

白天是光明的，黑夜是阴暗的；白色代表着洁净明亮，黑代表阴暗；白代表清白，黑代表污秽；白代表高雅，黑代表低贱；白是纯洁的化身，黑是邪恶的幽灵……黑社会、黑帮派、黑户口、黑钱，关于白与黑，能说出上千上万种彼此相反的现象，说明白与黑之间，有着奇妙无比的内涵与不同。

乌鸦和喜鹊，相同点太多，不同处太少，不同的只是叫声和衣服。就因为乌鸦全身乌黑的缘故，上苍使它变成了一种丑陋的恶鸟而游荡于陈肉腐尸间，成为人们讨厌的鸟吗？也许就是它浑身透黑的缘由吧。上苍造就它为黑色，肯定有它的道理，即使聪明绝顶，它也是卑贱的产物，也是邪恶的化身，不然它怎么会让人厌恶呢？那乌鸦与喜鹊，就有白与黑之间其妙无比的不同。

喜鹊与乌鸦在衣服和叫声上的不同点，这是上苍的设计。喜鹊就仅仅是那肚皮上的白衬衣和那脖子上的白丝带，想来不是上苍随便让它穿戴上去的，那是给予了它光明、慈善、友爱、聪颖、智慧的什么吧。不然，怎么会有它与乌鸦仅仅是衣服的有别，使得一个叫声粗俗，一个叫声悦耳？上苍在造黑与白时，是动了脑筋的。

在白与黑两种颜色下，演绎着截然不同的故事。最让人可怕的，是茫茫黑夜，伸手不见五指，在这样的夜晚，会发生多少意想不到的事情，阴谋、盗贼、战争、杀戮等，往往在黑夜里发生。人世间黑暗里发生的阴谋邪恶，比白天和光明里发生的事不知要多多少倍，发生的惊天动地的事情，比白天和光明里发生的事不知要多多少倍。人们不喜欢黑夜，不喜欢黑得见不到一丝光线的夜晚，不喜欢消耗生命三分之一的眠夜。

即使在白天里，人们也不喜欢某些黑。黑心的人、黑材料、黑阴影、黑白分明、黑白颠倒、黑的太阳、黑的豁然大物。活一天，希望活得明白，即使似盲人摸象也要把事情弄个明白；活一世，希望活得清白，即使赴汤蹈火也不能把黑点背在身上。人们为了追逐光明的太阳，对清晨是多么地渴望和敬仰；人们为了表达对洁白的热爱与崇敬，用最美的歌与诗来颂扬洁白，制作最洁白的物品来赞美洁白的神圣。你看那白云，洁白的哈达，洁白的婚纱，洁白的墙，洁白的纸，洁白的银发，洁白的内心……白是人们心中多么喜欢而又崇高的颜色啊。

喜鹊与乌鸦，仅仅上苍给了喜鹊几许洁白，就使喜鹊成了天使的化身，无论这样的推论，是不是上苍的意思，而洁白的羽毛，的确使喜鹊有了雅致可爱的外表，也使得它赢得了人们的钟爱。看来，喜鹊身上的那点儿白，不是简单的白，是上苍为了让喜鹊变得秀美的白。这秀美的白，不知蕴含多少意思和奇妙，真是难以捉摸透彻。

在这样的思维和心境下，面对窗口喜鹊和乌鸦的叫声，我喜欢的不仅仅是喜鹊令人愉快的叫声，还有那黑里有白的洁白，那洁白在乌黑的衬托下，很美、很典雅，连那黑色也不显得令人生厌了。

5. 边缘

有中心，才有了边缘。

生我养我长大的那镇子叫村庄，后来我生活的地方叫省会，现在我生活的城市叫首都。县城统管全县的村庄，省会覆盖全省的地盘，首都领导地方。县城是中心，省会是中心，首都是中心的中心。自从知道了中心的存在，就知道家乡是边缘的地方，便有了向往中心的冲动。于是，日思夜想着，到县城去，到省城去，到首都去看看，看看那中心的地方，有没有比村子大，是什么样子，住些什么人，他们怎样生活。终于有一天，有了机会，从那边缘的小村，跋山涉水，来到了县城。县城比村子大，大得望不到边；马路宽大，平得像面板；巷子长得像蚯蚓，人多得像蚂蚁；有街有电灯有楼房有商店还有从没见过的东西，有影院有公园有汽车有美食还有穿着漂亮的美女俊男……到了省会，才知道，原来省城比县城还要大得找不到边，省城马路更宽更长，省城的巷子更多更长，省城比县城楼更多更高更有太多没见过的东西，省城的人更多车更多美食更多还有很多外国人……到了首都，省城见到的一切，又都被放大了几十倍和上百倍。这里有像天上星星般闪烁光芒的学校和名人，有天下最大的官位和最大的官场和最大的权力，有随处可见的身怀绝技的高人和富人，有县城省城没有的东西和思想。从农村到县城，从县城到省城，又从省城到首都，像攀峰一样，每到一个高处，看到的是更美的风景，是更宽的天地；抬高的是居高临下的目光，尽收眼底的是四方山河；感到了省城的遥远和县城及家乡村庄的边缘与渺小，感受到了边缘地方人们对首都人的羡慕与仰望，感受到了权力无限延伸到边缘的威力，感受到了大江南北文化让人陶醉的绽放，更感受到了住高楼大厦与行宽阔大道的美妙与优越，甚至还有淘金淘官淘毕业证等实现梦想的不断惊喜——这就是中心与边缘的不同，这就是中心与边缘的落差。

中心魅力四射，中心成为磁场，迷惑和吸引着人们。四面八方潮水般涌来的年轻人小心翼翼、胆战心惊地冲到了中心，来求学，来打工，来经商，来投靠亲朋，来委曲求全地挤在地下室小平房筒子楼夜宿车站寻找留在中心的机会。潮水般的人几乎每天涌进，而潮水般的人中留下或能站住脚的，只是些浪花或脚带钉子的人，而潮水般的人怎么来的又怎么潮水般地离开了。留下的人，要找房子、找工作、找商机、找生存，可中心什么不多就人多，缺什么就不缺人。这儿人挤人、车挤车、房挤房，活一天比边缘老家活十天都累；走了的，是带着失望与遗憾走的，他们梦想有一天再重返中心，或者让自己子女再加入到潮水般涌进中心的人群里，实现在中心安家落户的梦中目标。因而，中心永远会涌进潮水般的人流，也会有潮水般的人流出去。当然中心的门不是对所有人紧闭的，它向那些精英才子、成功人士敞开着，他们轻松自如地进了国家机关、院校企业，轻松自如地在中心开公司和工厂，轻松自如地有了房并把家人户口迁到了中心。一个人进了中心，就会带来数人进到中心。中心的人每天和永远都在增加，中心的地皮永远也不会生长增多，中心的房子永远显得紧俏，俏得价格比全世界的高。

潮水般的人涌入了中心，中心超过了居住的合理密度，但人们还在涌入，省城和首都早已成了人挤人的海洋。

进了中心，就以为融入和成为中心的一员了吗？未必。发现太大的中心，也有很大的边缘。可怕的是，那么多人从边缘来到了中心，却生活在边缘地带。生活在中心却处在边缘地带的人，住在窄小的房里，每天奔波数小时上班挣到的却是很低的薪水。他们活在一种过度劳累的状态中，却总是怀着一种虚幻的理想在挣扎。他们看不起边远地方，也看不起边缘的人，总感到在中心生活要高人一等似的，不愿意放弃心中的卑微和尴尬。在中心，这样的人不知有多少。

如果仅仅是生活，仅仅是追求金钱，仅仅是实现艺术的梦想，也许从边缘走到中心，再从中心走向边缘，不失为绝好的选择。

这同样可以用到做人的选择上。中心的位置和空间是有限的，中心容不下那么多的人，中心没有那么多位置，中心太闹太吵太挤，大部分人都会是边缘。边缘，又有什么不好呢？中心有太多的喧闹，边缘有太多的清静。人最大的不幸是，进了中心却在中心的边缘，身在清静边缘却向往中心喧闹。人最大的幸运是，中心的边缘最清静、最安全，边缘的中心最舒心、最自我。

6. 俯视

我喜欢站在高处俯视一切，站在高处俯视一切的感觉是愉乐的。站在香山的老龙，看偌大的北京城，它就像座村庄，平时很难看到的城边总能尽收眼底，平时令人生厌的摩天大厦会像积木一样尽收眼下，平时看起来那高大的门楼和华丽的殿堂星星点点，至于如江如海的人和车会消失得无影无踪；站在高楼的阳台上，那些毗邻的高楼统统矮了三分，那些穿梭在马路上的冠冕堂皇的车和道貌岸然的人都不再起眼……站在高处，会让自己的视觉变得神奇起来，一切的人和物都变形了，变得渺小了。站在高处的感觉真好，可以让自己狭窄的胸怀放大，可以让窄小的视野极度展开，可以缩小所有的庞然大物，可以把任何一个人看成虫子和蚂蚁，可以让自己找到高大的感觉，可以让自己找到存在的自信……如果是对于一个压抑的人，抑郁的人，缺乏自信的人，骄傲自大的人，站在高处最能够找到一种良好的感觉，也能获得一些自信的慰藉，更能够获得心头的某些满足。因为有了这样一种能够藐视一切的感觉，所以皇上总喜欢坐在高高的龙椅上，将军总喜欢坐在高大的马背上，平常人总喜欢站在高山上。喜欢站在高处，这其中透着“出人头地”的意识。

但我们不能总站在高处。站在高处是无法生活的。然而我们却有渴望站在高处俯视别人的心理习惯。

俯视习惯，让我们有了怪念。人与人之间本来是平等的，但我们总想俯视别人，那该怎么办呢?

在某些人的视角里，高人一头的俯视，不是真正的俯视，只有高人一头的职位才是真正的俯视。于是，就有了争先做官的意识，有了争先做官的抢夺，有了争先做官的惨杀……站在高人一头的职位俯视别人，是一种鹤立鸡群的俯视，是一种形式上看来理所当然的俯视，他的视线是对着别人的，而折射的却是自己，它会使我们发现别人更多的短处和瑕疵，它会使我们自我感觉高大而不凡，超群而不俗。职位优势的俯视，是不允许有道理可讲的，在有些人看来，级别既是台阶又是差距，级别既是水平又是智慧，级别既是权威又是真理，在职位的台阶上，俯视别人就找到了正常的理由。所以我们千方百计地去抢占职位的制高点，抢占凌驾于别人之上的头衔、荣誉、光环，等等。我们有了俯视别人的台阶，有了俯视别人的权利，我们可以把任何人看做是虫子和蚂蚁，我们可以找理由把任何人当做猪狗宰割，我们可以把能够窃为己有的东西窃为己有……争权，驭人，这是我们人性中多么无耻的事情啊!

与别人的能力和智商相差无几，如何高人一头?只有抬高自己才能俯视别人。于是，就有了吹牛、造假、粉饰、作秀等，方式多种多样。有造假学历假文凭的，有造假历史假荣誉的，有拉大旗做虎皮的。这些还算是厚道的做法，那些很多不厚道者，干脆赤膊上阵，用诋毁别人来抬高自己，用中伤别人来显露自己，用踩倒别人来标立自己。许多品德高尚的人，许多有才华的人，许多功勋卓著的人，为什么倒在了一些无名小卒的脚下？许多无德无才的人，劣迹斑斑的人，为什么成了权力和学术台阶上有权俯视别人的人？两者的差别在于，有无俯视别人的怪念。

要让自己成为俯视别人的人，只有把别人搞倒才行。于是，就有了造谣、圈套、陷阱、暗箭等。许多出类拔萃的人，那些成就显赫的人，那些德高望重的人，几乎没有幸免过如此的伤害，而且这些伤害让多少英雄豪杰倒戈沉没！多少小人、庸人、坏人用“倒”别人的方法，实现了他们俯视别人的可恶梦想。不然，就不可能有那么多的小人、庸人、坏人在人们面前挥刀扬鞭。

追逐怪异的俯视，把我们的和睦、友好、公平、平等、尊重等打破了，把我们的生活、历史、正义等等颠倒了过来，把人际环境搞得乌烟瘴气了。这是一种可恶的怪异。

让我们来平视别人，或者仰视别人。平视和仰视别人的概念，是站在平等的高度看别人，用平等的心态和眼光看别人。仰视，是站在低处看别人，是用一种敬仰的心态和眼光看别人。培养自己平视别人的习惯，也应该培养自己仰视别人的习惯。当我们平视别人时，我们会感到，自己跟别人是平等的，自己跟别人没什么多大不同，也没有什么值得高他人一等的地方；当我们仰视别人时，我们会感到，我们没有什么了不起，自己是渺小的而别人是高大的，自己没有什么值得骄傲的地方。做到这样，起码需要一种善良、宽容、谦虚的境界作心灵的土壤。

让我们俯视小人、庸人、坏人。消除怪异的俯视，怪异的俯视是一种邪恶欲望的膨胀。

7. 混浊

在这S镇深秋和隆冬的早上，拉开窗帘，见不到阳光，看不清街市，眼前的一切隐隐约约，更看不清远方的丛林和山冈。看到的只是混浊的空气，那空气像大米汤一般颜色，白白的，嫩嫩的，把一锅清澈的水，弥漫成乳白色，你会感到整个世界都沉浸在一锅正在慢吞吞煎熬的白粥里。

在这"白粥"似的空气里，你眼前一片白浊，你吸入的是这白浊的空气，没有阳光的色彩，所有色彩斑斓的景物都像抹上了糨糊，朦朦胧胧的。也像是一池清水被人不断地搅拌混了，犹如洗澡堂子漏出来的污气，脏兮兮的。混浊越来越浓厚，你的心七上八下不知前面会碰到什么，楼下马路上模糊且缓慢得像蜗牛爬行的车不动了，几辆车挤成了一团，不知是尾部接吻还是粗暴相撞，反正在混浊中一片吵闹声。这样混浊的路上，发生什么样的事情，都是有可能的。平日活跃的思维好像被这米汤式的混浊浇铸了，脑袋里出现的是想不清或断断续续的问题。面对这样的混浊，你思维的情感似乎被这混浊压抑。你不想下楼，你想开大灯光坐在室内等待这白粥似的弥漫消失再出行。你想睡觉，这白粥似的天气里有种让人头脑发昏的物质，比夜晚还要让人发困，想脱了衣服上床继续睡觉，睡到天空没有混浊而明朗了再出行。可是你会失望，混浊早已把太阳遮了个严实，整个上午见不到太阳，到中午了还是见不到太阳，接着一个下午也见不到太阳，只是那太阳强大的光芒把混浊“稀释”了一下而已，那也只是好像在稠粥锅里加入清水稀释了一下而已，混浊还是那样地四处弥漫。这样的混浊天里，你的情绪沉闷，你啥也不想做，你在等待一股清风，把这混浊的东西吹了去，吹得无影无踪。可竟然没有一丝儿风来，连续几天也没有来，混浊一天连一天地弥漫开来。混浊让你头昏，让你心焦，让你产生莫名其妙的埋怨，让你对有些人有些事产生反感，让你喉咙疼痛和口角上火生疮。混浊浇掉了你多少激情与浪漫，还有那美好的约会与优美的文字。总之这混浊，给你带来的不悦、难受、损失，是无法估量的。

我十分不喜欢S镇这混浊的天气，我十分不喜欢这一动不动的混浊。这粥似的混浊，是从哪里来的，怎么形成的？当然是气象现象。但这混浊里有太多复杂的成分，有水气、有雾气、有烟气，烟气里有汽车尾气，有燃烧肮脏东西的烟灰，有从楼里人为制造出来的各种的烟气，有尘埃，尘埃里有说不清的不清洁的杂质，还有光，太阳的光、路灯的光、霓虹灯的光、汽车的灯光，还有楼里射出的光亮。所有的光，照在混浊的空气里，会在这混浊里出现莫名其妙的细微而复杂的色元素，有些色元素会把混浊装扮成一种令人不悦的邪恶雾气，让人越发烦闷、寂寞、不安。

混浊是一种可怕的现象，它遮挡了阳光，聚积了阴阳怪气，容积了污垢，让空间变得阴暗晦气，让空气变得肮脏，让所有事物变得模糊，让空间的事物变得不明不白。在这种混浊的空间里，思维的短路、邪恶的萌发、病毒的滋生、罪恶的发生，都有可能是随时随地的。

在混浊里行走，需要明亮的眼睛和清醒的头脑。混浊里的一切，都是模棱两可的，看不清对方，摸不清沟坎，分不明界限，即便是最熟悉的东西南北方位，即便是走熟的大路小路，也会让人混淆南北，不分东西，也会让人误入歧途，掉入阴沟。

混浊是随时会出现的，在早晨，在傍晚，在深夜，有时是一整天，有时是接二连三的几天。学会在混浊里保持活跃而富有创造性的思维，学会在混浊里摸清方位看清前方，学会在混浊里与物体准确接触，学会在混浊里与人既保持亲近又保持距离，学会在混浊里如何辨清脚下的沟坎，需要好的眼神。

混浊，当然不会成为天气的主流，然而混浊毕竟是随时会发生的事情。倘若我的行走空间，常常是混浊的，那我会离开，去一个不容易出现混浊的地方。害怕走这混浊天的路。但欣慰的是，我很快掌握了在混浊里行走的规律。

拉开窗帘，又是一个混浊的早晨，混浊吸附在窗户玻璃上，像奶水一样把本来明净的玻璃，涂成了模模糊糊的样子。这已是连续几天了，混浊一天比一天深沉。下午强烈的阳光曾将它驱赶走了一会儿，但它仍然像幽灵和阴魂，驱而不散，且随着阳光的西沉，混浊又越来越浓了。我决意不再待在室内等待它消失，我驾车出行，打开雾灯，在马路中央缓行，我不行路边，路边也许有没加井盖的陷阱，也许会撞到倒落路边的树和电线杆，也许会撞到行走在路边的人。很远的一段混浊的路，一直担心会出意外的路，我竟然来回安然无恙。很好，再不怕走这样的路了。

8. 羽毛

每当想起两种动物的羽毛，我就感叹不已。天地造物者，造羽毛造到了精美绝伦程度的灵宝之物，莫过于凤凰和孔雀了。凤凰没见过，对它的描述只是在文字传说和图画上，而相信它绝不是一个神话和传说，是可以拿孔雀来作证的。凤凰不是传说。为何？

凤凰的形状和羽毛，同孔雀极其相似，只是凤凰的形体和羽毛比孔雀更婀娜灵动而已，而孔雀羽毛的构造也是丰富、复杂与巧妙的。造物主能造出孔雀的精美羽毛，怎么不可能造出凤凰的美丽羽毛呢？凤凰是鸡头、燕颔、蛇颈、龟背、鱼尾、五彩色，是百鸟羽毛无以伦比的色彩。只因凤凰性格高洁，非晨露不饮，非嫩竹不食，非千年梧桐不栖。而地上没了千年梧桐，凤凰自然就不想活了。孔雀的羽毛，也不简单。颈部、胸部和腹部呈灿烂的蓝色，光彩熠熠，身披翠绿色的背部闪耀着紫铜色光泽，覆尾羽可竖起像扇子一样“开屏”，羽片上缀有眼状斑，由紫、蓝、黄、红等构成，开屏时光彩夺目，真可谓美到了极致。还有它头上的花冠，花冠上光芒四射的花蕊，简直就是天地造就的一顶镶嵌宝石的皇冠。孔雀羽毛的绚丽色彩，竟是连高明的画家，也是难以模仿出的吧。凤凰和孔雀所有的色彩之美，都体现在羽毛上了。美丽的羽毛，构成了凤凰和孔雀形象的不凡。它们是依靠羽毛而美丽的动物，我非常担忧它们失去羽毛。失去羽毛该怎么办呢？这种担忧，是因为某一天，在动物园见到几只没了羽毛的孔雀。没有了羽毛的孔雀，也就是没了美丽衣裳的孔雀，露出紫红色的肉，没有了皇冠的脑袋光秃秃的，非常难看，难看得让人心里难受。它们是在换羽毛，还是得了什么病，使它们没了羽毛？那么精美的一身羽毛，也是一身高贵的衣服，真是不应该没有的。要不是饲养者提示，如何也看不出它们会是孔雀。这让我产生了一个荒唐的想法，如若凤凰和孔雀没有了羽毛，那还是凤凰和孔雀吗？

思考许久，我的结论是，没了羽毛的凤凰和孔雀，当然还是凤凰和孔雀，但又不是实质意义上的凤凰和孔雀。说它们仍然是凤凰和孔雀，是因为它的血肉、它的心脏、它的形体、它的神态，还是凤凰和孔雀的。而说它又不是实质意义上的凤凰和孔雀，是因为它失去了体现凤凰和孔雀衣服的象征，它们又不是凤凰和孔雀，它们成了另外一种动物。如果是这样一种动物，人们怎能称它们为凤凰和孔雀呢，凤凰和孔雀是有羽毛且羽毛华丽秀美的啊！人们称它们为凤凰和孔雀，已为它定了美的格。再说了，凤凰和孔雀的美丽和高贵，是以雍容华贵的羽毛而成为鸟中之美、鸟中之王的，那么没有这些标志，那怎能称其为凤凰和孔雀？就不应称其为真正的凤凰和孔雀了。而如此从象征和本身上断定是否为凤凰和孔雀，有点儿势利和肤浅，而硬是要把没了羽毛的凤凰和孔雀，看做凤凰和孔雀，大多人是不会接受的。因为有常言在先，“没毛的凤凰不如鸡”。没羽毛的凤凰比鸡难看。这是事实。这说明，羽毛对凤凰和孔雀来说，是质的区别，也甚至关乎凤凰和孔雀的名称能否继续称谓的事情。

没有羽毛的凤凰和孔雀，无论是不是凤凰和孔雀，都不重要，它没有了美丽的羽毛，也就失去了自身价值。这也许是人们认识事物的聪明所在吧。

人是没有羽毛的动物。人不从衣服和装饰上区分，看不出贫富贵贱来。人脱光在澡堂里，谁伟大谁渺小，谁富有谁贫穷，看不出来。人的衣服是羽毛。人看出了羽毛的重要，便在穿着上下工夫起来。最早是大王，后是皇帝，再后来是富人，他们千方百计把自己装扮得与众不同。大王是用动物漂亮的羽毛制作王冠的，皇上和皇后的冠是模仿凤凰羽毛头冠以体现自己盖世无双，还有那官员衣服上绣织贵贱不同的鸟兽来体现不同等级，官场借助凤凰和孔雀羽毛的启发，使官服的颜色、图案区分达到了极致的程度。想知道官员品级高低，看“羽毛”就清清楚楚；看后宫，是不是美女不重要，重要的是头冠和身穿什么“羽毛”。那头冠和身上的“羽毛”，对一个掌权者来说太重要了，在有些场合比命还重要。倘若没了那身“羽毛”的皇上，没有了那身“羽毛”的官员，再没有特殊物件作证明，那跟平民百姓没啥两样。后来，没有了官服的区别，那人就在穿戴上动心思。有钱人，穿绫罗绸缎、披金挂银；穷人，粗衣布鞋、赤膊露胸。长久以来，穿戴对人不仅是裹体，也是体现高低贵贱的“羽毛”。

人如果单靠“羽毛”区分身价，那就简单多了，可是人到今天，穿着已不再成为分别身价的“羽毛”，而更多的是无形的“羽毛”，那就是官位和头衔。官位是“羽毛”，是分等级的，也是分颜色的，越高越灿烂，越光亮，越艳丽。也随之有了无形的“羽毛”，那些“模范”、“标兵”的荣誉标签，那些教授、硕士、博士的职称与文凭，还有那些学者、专家和“著名”的称谓，等等，都成了无形的“羽毛”。有一位老师，一辈子没评上副教授，临终时要求给他追认副教授并在追词里写上“副教授”职别，没被批准，于是成了笑话。他是带着遗憾离世的。但他没有明白，不管是“乌纱帽”，还是谋来的添名增利的职称“羽毛”，都是借来的。那个离世的老师，太着迷“副教授”那身“羽毛”了，可人都要告别世界了，要那身“羽毛”还有什么意义！这是所有对“羽毛”迷恋的人的悲哀所在。没有羽毛衬托光芒而伟大的动物和没有“羽毛”而衬托伟大的人物有的是。普通人、朴素人，也许就如同动物界的大象、骡马、牛羊、猪狗等一样，不靠羽毛装饰，不靠羽毛显示与众不同，他们靠力量、靠本质生活，活得真实，活得不怕失去什么，因而也活得从容。

凤凰和孔雀的羽毛，是天下最美的羽毛，而羽毛的缺陷在于，一旦失去，会很难认识它们是谁了。这是羽毛的局限，也是我对它的担忧。

9. 后门

皇宫不必说，凡是深宅大院和当官人家、有钱人家，都会有后院或后门的。前门，开在堂堂正正、车水马龙的路边，后门，开在偏僻窄小、阴暗人稀的院落背面；前门，鲜艳宽大高昂而气派，后门，色深矮小而不起眼；前门，是白天开的，后门，大多是夜晚开的；在前门进进出出的人，都是可以在光天化日之下大步流星走路而不怕见人的人，在后门，进进出出的人很少，而出入的人必定是夜幕里左顾右盼不动声响生怕见人的人；前门里进出的人，一定不会安排在后门里进出；后门里进出的人，一般不会在前门里进出；前门里搬进来的东西，是不怕让别人看着的东西；后门里搬进的东西，是最怕让人看见的东西；前门是公开的，后门是隐秘的，前门是阳面，后门是阴面，“阳”门和“阴”门，截然相反，但又各有所用，相互补充，它蕴含着深刻的道理和丰富的哲学思想，有着让人思索不尽的“味道”。

后门，是谁发明的，最早用在哪家庭院？发明者肯定是位极通世故的思想家和哲学家，而最早可能是用在深宅大院里，也可能是在王室或皇宫。王室或皇宫里，虽然住着权倾天下、至高无上的人，但也隐藏着天下极其丑陋的阴谋与邪恶，隐藏和滋生着源源不断的阴谋与邪恶。这些见不得光明的人和事，大多不能从前门出入，那就得从人看不到或不起眼的地方进出，这种人和物进出，那就得用后门。王室或皇宫的后门，遮盖了多少秘密、隐私和见不得人的事情，成全了多少阴谋的得逞和好事甚至是改朝换代诸类天大的事。王室或皇宫的后门，这绝好的隐藏或障眼秘密的路径，被大官员和有钱人家效仿，也纷纷在自家后院开了后门，还开了暗道式后门。于是天下的深宅大院，都有了后门。后门的来历，也许就是这么简单而深远。

后门，自古以来被开在官宦、衙门和有钱人家，且对后门的设置，也是颇为精心的。开什么位置，开多大，门漆什么颜色，不同的人家，会有不同的大小和色调。普通百姓和穷人家，一般不会有后门的，连前门和院墙都是用简易的木板与低矮土墙垒成的，要后门没有任何作用，既没有什么安后门的钱，也没有什么见不得人的秘密藏匿，所以大多百姓家是没有后门的。

后门比前门用得最多，也用得最有效益的大官之家，要数清朝宰相和坤。和大人家的恭王府，大且不必说，那前门多气派且不必说，那后门开得就很有意思。后门与前门相比，那真是一阴一阳。前门临街豪华艳丽而气势不凡，后门在阴郁巷道而灰墙黑门很不显眼。而就在这很不显眼的后门口，每晚夜幕降临或者大白天，此门比前门车水马龙热闹，此门里比前门进出的人多，比前门搬进的东西多。那成千上万两光灿灿的金子和白花花的银子，那一箱箱稀世珍品、美玉珠宝和绫罗绸缎，就是从后门一车又一车搬进府里的，还有那比皇宫里大的玉石，也是在夜色之下从后门搬进院的。从这后门搬进和府的金银，多得在库房放不下，干脆挖了个硕大的地窖，存放金银和珠宝。这后门里搬进去的金银，多得让人吃惊，是清朝全国一年的财政收入。至于和府的后门，隐匿和出入了多少邪恶和阴谋之人，那一定同那么多金银来历一样，有说不清的内容。

后门除了搬运贪赃的东西外，还会有什么大的用处呢？大到里应外合的刺客从后门进入皇宫，血洗城池后皇上从后门逃跑，危难时刻从后门溜之大吉，还有平常的小到主子和下人偷情之类的事情，都会用到后门。后门虽小，虽不起眼，但它承载的内容丰富，它见过惊天动地的人物，也见过君子和小人。

每个深院的后门，都有太多的故事，出人意料、骇人听闻或令人断肠的故事。也许后门的作用给了人们运用智慧的技巧，这个用于行走出入的门洞，被借鉴运用到了世事上。既然后门可以轻而易举地躲避通过前门的麻烦、灾祸，可以不动声响地出入前门不能进也不敢见的人，可以绕过众目睽睽做前门不能做的事，何不用在成全美事上?! 所以就有了托人情，打开人情后门，以达到某种目的的“走后门”。

“走后门”之词好像是古人的创造，据说来源于宋代的一幕宫廷剧。相传宋徽宗继位之后，重用蔡京为相。宋哲宗时期的官吏遭到了蔡京的极力排挤和打击，激起了人们强烈的不满。艺人们就利用朝廷宴会的机会，用喜闻乐见的方式讽刺了蔡京等人的行为：一位官员正襟危坐于案堂之上，正在处理公务。他勒令一个哲宗年间出家的和尚还俗，又下令将一个哲宗年间出家的道士把道袍脱下来，令其还俗。正在此时，一个下属上前请奏说：“如何处置当今国库发下的旧朝一千贯俸钱?”这位官员思忖片刻，低语道：“就从后门搬进来吧。”从此，“走后门”一词就流传开来，成为了依靠不正当手段达到目的的代名词。

“走后门”，一经被人领悟，运用的地方，可以说比庭院的后门更广泛了，它成了人们为达到不正常目的的无形门，手握权钱的人，或者有钱的人，心里都有一道或几道“后门”，或坚固的“后门”意识，“后门”给谁留，给谁会开，其情相当复杂。

办事“走后门”的形式，与庭院走后门的方式极其一致，夜色掩蔽之下，趁人稀少之时，把暗处的后门悄悄打开，观察一下外面的动静，再把要出入的人或出入的东西，“放”出去或“搬”进来。好像人情“后门”、权力“后门”、金钱“后门”，再厚重的铜墙铁壁也挡不住，因为它“开”在人的心里，人的心里一旦有了后门，那将是无形而最奇妙的后门，也是任何材料都堵不住的后门。

庭院的后门越多，隐匿的事情就越多；人心里“后门”越多，丑恶的事情就会越多。便捷的后门，是少数人的门，是妙不可言的门，也是可怕的门。

10. 脸色

一张脸上，藏匿着太多的内容。那内容多得是否如同一片天空一样，同一朵花儿一样，同一片树的叶子一样，同一束光一样，同一片山川一样？应当是。人是万物之子，是万物之灵，人的脸多么像一片变幻莫测的天空一样，有早晨、中午、下午、黄昏、夜晚和春夏秋冬，有童年、少年、中年、老年。从每张脸上，可以找到每一天的时辰，从每张脸上可以找到四季的颜色和痕迹。人脸也如同花朵。花朵是花的脸，它有颜色、有形态、有神态、有表情。不同的花展示着不同的色彩和表情。从花的脸上，可以看到人的神情，从不同的花上，可以找到不同人脸的形态。树叶是树的脸，尽管一棵树有上千张上万张叶子，而一张叶子却是所有叶子的化身。人的脸，在任何一棵树上好像可以找到它相同的神态和表情，从任何一个人脸上可以找到一棵树的形态。人脸像一束光，不同颜色的光。从每张脸上，可以看到光在脸上存在的痕迹，从每张脸上可以找到光的色彩。人脸多像山川。每张不同的脸，就如一片不同山川的田野，每张不同的脸，如同不同山川和田野那样丰富。

那种内涵丰富人的脸，尽管可以与自然的丰富比拟，似乎自然形态与色彩的丰富，都凝聚在了人的脸上，这样的人脸上会有太多的脸色。

而脸色，又不是那么单纯的颜色，它是上苍赐予人的不同肤色，有红黄棕白黑，还有极少的绿蓝色。这是人固有的、难以改变的脸上色调。而人的脸，还有不断变化着的颜色，那是与身体健康有关系的气色，也还有靠心情调控下的不断变化的脸色，那是表情。

再复杂的颜色，也没有人脸的表情复杂。人脸的表情，虽被归纳为快乐、愤怒、恐惧、伤心、厌恶、惊讶和后来被普遍认可的轻蔑，而专家却说，人的表情不止七种，而是七千种。七千种表情，是从七种基本表情里变化而来的。

这七千种表情，藏匿在什么地方？藏匿在人的面部数十块肌肉里。是快乐与痛苦，是肯定与否定，是接纳与拒绝，是积极与消极，是丰富与平静，等等，肌肉的起伏变化，会使人的心态和表情显现出来。

与人这么多种表情相比，动物就逊色多了。狗是人的朋友，狗通人性，也善于观察和学习人的表情，它跟人学会了一些，可以表现十三种之多的表情。可兽中之王的老虎、狮、豹，只有愤怒与平静等极少的表情，至于鳄鱼，除了能够滴几滴眼泪外，一个表情也不会有。

虽然人的脸内涵丰富多彩，全由心掌控着，不但可以控制，还可以伪装，还可以变换。只要掌握了控制、伪装、变换的技巧，任何一张丰富多彩的脸，也可以表现出不同的脸色来。

人的脸色，是心态、心情的表现，是形体的语言。于是就有了“察言观色”的词语，要了解人的内心表情，须听他说什么，更要看他是什么脸色。是喜形于色，还是怒形于色，是有眼色也好，是识相也罢，看懂别人的脸色，也算知己知彼吧。

明白了别人的脸色，也就明白了自己张口说什么，抬手做事怎么做了。可见一个聪明人，看懂别人的脸色，是做事成功、做人得体最起码的常识。

可惜，大多数人不要说看懂人脸的七千种表情，就连人脸的七种表情，也未必识得来。而看懂人的脸色，又是那么重要，重要得好比出门识云看天气一样，如若看不清、识不明，那是会淋雨受寒的。

而认人的脸色表情，若是仅七种就简单了，可它多到七千种。这么多复杂的表情，需要什么样的眼光，才能认识它呢？要达到识别不误，恐怕比识天气还要难。

于是，聪明的人，会下工夫观察和琢磨人的脸色。可这是门深奥的学问，在书里难寻，掌握它得靠双眼的功力了。

于是，聪明的人，会下工夫练习控制、伪装、变换脸色的技巧。这方面有典型人物，其中希特勒就是一位。没有进过表演学校的希特勒，却会极好地控制、伪装、变换自己的脸色，他把自己的每个表情都拍成照片，仔细琢磨每个表情的功效，终于练成了堪称一流的表演技巧。他的脸色可以随时根据需要，去控制，去伪装，去变换，从而欺骗了一个国家的人。

于是，有的人的脸色，就成了一副冷静得如一湖没有涟漪的水，从他脸上，很难看到七种表情；有的人的脸色，就成了无表情的和任何事都皮笑肉不笑的模式，从他脸上，很难看到其他的表情。这样的人，是练就了控制、伪装本领的。

于是，有的人的脸色，就练成了一副该怒却笑，该哭却笑，该笑却不笑的本领。

于是，冷静如水的人多了，皮笑肉不笑的人多了，假面具的人多了，笑里藏刀的人多了，就很难弄清楚别人在想什么，藏着什么，想干什么，也就难以判断东西和黑白，也就被别人的表情牵着走了。这是最可怕的事情。

人大都希望有一副成熟而单纯的脸，有一副真实的脸色，那就是笑是真实笑的脸色，怒是真实怒的脸色，悲是真实悲的脸色，哀是真实哀的脸色，乐是真实乐的脸色，等等。如若每张脸都是真实的脸色，那么人与人相处是何等轻松的事啊。虽然人都盼望这种真实，可人又不希望真实，人希望伪装、变换，甚至把伪装和变换的脸色，看成是涵养和智慧。这是令人感觉十分可悲的事情。

人与人相处，不看别人脸色是不行的，见“色”行事是生动的哲学，而真正看懂别人的脸色，却是很难的。

人是多么希望不看人的脸色行事啊。可有谁会不看谁的脸色行事呢，是那些位高权重的人，财大气粗的人，厚颜无耻的人。大多人，不看人的脸色，是无法说话的，无法投足的，难以思考的。

脸色，脸色，我们要给别人呈现一副什么样的脸色呢？

11. 释放

寒风、冰雪、人流、车流，马路上人山人海；大包、小包、车挤、路堵，天南海北都赶路；吃的、喝的、抽的、穿的、用的、能搬的全往家里搬；鱼虾肉蛋，天上飞的、地上跑的，吃得了吃不了的全往家里藏；南方菜、北方菜、外国菜、温棚菜，空运来的、商场摆的，能进家的全进家；工资、奖金、积蓄、利息、外快，排长队大捆地从银行取；礼金、红包、金卡、购物卡，他送你送我也送，他收你收我也收；甩卖、降价、打折、买一赠一，商家分秒必争搞促销；电器、灶具、家具、用品，大件小件往家里运；大桌、大餐、大鱼、大肉，吃了上顿吃下顿；白酒、红酒、国酒、洋酒，大杯、小杯，喝了上顿喝下顿；大炮、小炮、蹿天炮、礼花炮，天天轰鸣硝烟夜夜弥漫城乡……

——这就是过年。这应当叫过年现象。这个现象，用什么来概括和比喻好呢？用喜庆、热闹、欢聚、享受等词语，好像很难概括准确。想到了一个词：释放。用释放来概括和比喻春节效应创造的现象，也许确切些。

释放，释放的是什么呢？释放的应当是思乡、思亲、思爱、思友的情感。春节时的释放，是情的释放，是爱的释放。

谁要是认真仔细、浓情厚谊地把一个春节过下来，把所有的亲情、友情、人情关系都“打理”周到了，那年前半月和年后的半月，每天不停地忙，也不一定能全部“打理”到位。谁如果坚持要这么过节的话，那么这样的春节，就成了忙节。忙购、忙钱、忙礼、忙票、忙行、忙送、忙收、忙拜、忙请、忙吃、忙短信，会忙得不亦乐乎，它比上班且加班加点还忙。要问过完节的感受是什么？大多人说，累，太累！累在那么多的忙上，其实最累的是长途跋涉赶路和吃喝。车票难求，难到连国家都着急的份上了；回家的路挤，人多得用“蜂拥”这个词很形象。很累了，说明释放了，这个年过好了。这就是过年的情结与矛盾。吃喝，尤其是喝，从初一喝到十五。有时一天喝一顿，还有一天喝两顿的，每天是醉的晕的。醉和晕还得喝，不喝伤感情。至于肠胃，早被大吃大喝摧残得难以承受了。这样的释放，谁最忙？不要以为是赶路回来的人，是家中的老人。大冷的天，他们要大洗、大购，要宰猪宰羊宰鸡宰鸭。回来了，老人天天思谋饭菜要做这做那，很是劳累辛苦。不知道这样的赶忙和劳累，该不该给老人添，实在不好判断。反正春节赶路回家两头忙，过完年都腰酸腿痛是免不了的。

都很讨厌节过得这么忙，这么累，这么吃，这么喝，但还要年年如此这么忙与累。是情感和情绪“绑架”了人，还是春节的习惯“绑架”了人，好像两者皆有吧。都感到累，都感到在浪费，这印刻在人们细胞里的千百年习俗，谁能改变它？这是大多人参与的大释放，好像谁也难以改变它。

真的需要这样的释放吗？已习惯了这样的释放，谁也改变不了。释放的是什么？是情绪，是情感，还是习惯和跟风？好像几方面都掺杂在一起了。

都在感叹，能否变一种释放的方式，不大搬运、大流动、大拥挤、大花钱、大吃喝？能否把春节移到温暖的夏天、美丽的秋天，免得天寒地冻里忙得火车飞机汽车晕头转向？能否发明一种电子鞭炮，没有污染和炸伤人的烟火，避免可怕的炸伤炸死，避免大捆大捆钱扔到“砰”的一响上？倘若改变不了节日的时间，能否改变一下释爱、释情、释物、释金的方式，能否改变一下大吃大喝的方式，也就是形成一种轻松不累的理性释放。

理性的释放，是什么样的释放？那可能不是大年三十前跟风似的，背着大包小包求票挤车赶路；不是盲目抢购货物吃不完的造成浪费；不是大鱼大肉、大吃大喝式的大聚餐。理性的释放，是情爱不放在某个节日，而是像涓涓溪流，日日不断上。这样也就免了情绪跟风和同众人拥挤赶路的劳累。

12. 个性化之美

忽然发现，在我们的生活中，与众不同想法的人越来越多，与众不同穿戴的人越来越多，与众不同的建筑和用品越来越多，与众不同的艺术越来越多……这些与众不同中，体现着个性化之美。

改革开放三十年来，在今天的中国，个性化之美已成为人们日常生活追寻的目标，个性化已成为人们释放个性的意识行为。个性化之美的回归，改变着人们单调乏味的思想和生活。我为民族出现的这些变化而感到欣慰和自豪。

我们身边的个性化之美，表现最为明显的，是在“穿”、“听”、“想”上。

“迷你裙”看不到第二条。

一条步行街，就是一个展示服装的大看台，在一条街上你可以看到各种各样的人，各种各样的服装。尤其是你在北京王府井这样的国际型大看台上，你不用看外国人穿什么，单看中国人在穿什么，就够你目不暇接、眼花缭乱的了。从这里人的穿戴，完全可以了解中国人在穿什么。

你在街头观察了足足有几百人，甚至上千人，除了牛仔服系列的，竟然很少看到年轻男女穿同样的衣服。也不知道这么多人的衣服是从哪里购买的，千奇百怪的衣服让你很难想象它出自多少个厂家。

个性化之美，展现最为明显的是女性。当你发现有位女郎的迷你衣、迷你裙精美绝伦，你忽然有了要给你女儿妻子也买一样的衣裙的念头。你盯准了这位女士穿的款式、颜色，你立马到身后的超级商场去买，当你看遍了所有的女款衣裙，你就是找不到同那位女士一样款式的。你不罢休，你怀疑是自己没看准那位女士的衣裙款式，你继续坐在王府井的街头寻找那款衣裙，你看疼了眼睛，竟然再也没有看到与那位女士相同的衣裙。你忽然想起你的夫人，有一次，她在街上看到有两位女士同她穿的衣服一模一样，她回家扔到柜子里再也不穿了。这事提醒了你，你很难找到与那位女士同款同色的衣裙，起码在这条街上很难找到。如果时光回放到三十多年前，或者二十多年前，同样在这王府井的大街上，你会看到人们穿的是什么样的服装？黄、灰、黑三色。而黄颜色居多。黄的大多是军装，几乎满街都是穿黄军装的人。那个年代以穿军装为荣，中年人、青年人，甚至有些老年人都要穿军装，这是一种时尚，实际是一种政治气氛的流行病。既是穿灰、黑服装，也是中山装的样式。年轻姑娘早已告别了旗袍、花裙子、皮鞋、烫发、香水，同小伙一样一身的黄军装，还要在扎“羊角辫”的头上戴一顶黄军帽，整个是兵的衣服，兵的装束；整个是黄、灰、黑的人流，整个是黄黑色的街道。何止是王府井，整个国家到处都是黄灰色。

个性化之美，全被三种颜色掩盖住了。这大众化的后面，是人性之美的压抑和扼制。不敢想象，如果那样的岁月再延续若干年是否会有更多的人精神崩溃。

穿戴的个性化，是国家繁荣昌盛的表象，但更是人性进步与文明的体现。它释放的是沉重的压抑，复苏的是内心封冻的土壤。

耳朵听的不再是一种音调。

现在不知道听什么歌好！这是如今年轻人的感慨。歌太多了，走进音像店，名家的、无名的码满了货架；西洋的、民族的、通俗的铺天盖地；国外的、港台的、内地的，眼花缭乱。买谁的、听谁的好呢？只能跟风了，到底也不知道该听谁的歌好。其实，听谁的都不错，哪怕是那些没名气的歌手的歌呢，都会让你感到他们的歌是有特点的。这三十年来，歌的个性化表现，是前所未有的。

我们三十年前的耳朵，听到的声音是单调的。尤其是那动乱的十年，革命歌曲从早唱到晚，从南唱到北，其他歌曲都被视为毒草。今天人们听倦了的王洛宾的《在那遥远的地方》和邓丽君的《甜蜜蜜》等情歌，在那时是毒草，听这样的歌是有政治风险的。压制的是歌，而扼杀的是人的内心、人的个性。

今天的歌，走入了个性化的时代。没有特点的旋律、没有特点的歌词，没有特点的嗓子、没有特点的演唱，登不上大堂，甚至就是特点鲜明的歌曲和演唱，也会成一股风，很快就找不到踪影。这是音乐繁荣的体现。如今越来越多的人，不仅是歌唱家，也是欣赏家，而且更多的人对音乐越来越专业。所以，很多歌，就像马路边的快餐，来得快，吃得快，忘得快。留下的，只是那些为数不多的经典歌和高素质的歌手，且听众仍然对他们很挑剔。中央电视台每年的歌手演唱大赛，歌手将个性化的演唱、旋律推向了大众，连偏远角落里的“原声态”最个性化的旋律和声音都展示出来了，让人的耳朵更是不再停留在一首歌上。新歌、新人一茬又一茬地往出冒，让人们的耳朵越来越刁钻甚至有点疲惫了。所以一首歌或一个歌手，很难被人们长久欣赏了。

这是好事。歌言情，个性化歌的繁荣，是人们丰富情感的流淌，是人们个性化之美的体现。

脑子不再是简单的工具。

脑子里装的东西越来越多了。现在是什么书都可以看，什么观点都可以谈，什么话都可以听，什么人都可以见的年代。书刊铺天盖地和互联网资讯发达，你可以读更多喜爱的书，也可以出版自己想出版的书，可以看到全球的任何信息，也可以在网上发表任何观点。这些丰富的书籍和信息，让我们的思想不再简单，知识不再贫乏，思维不再枯萎，让我们有了独立阅读的自由，有了独立思考的自由，有了独立说话的空间，也有了独立说话的尊严。人们思想的个性化意识、个性化学识、个性化的精神创造，正在形成并已成为社会趋势。而且这个社会越来越包容、欣赏个性化的思想之美。

这种感慨，源自于那个内乱时代的强迫、压制。那个年代只能看伟人的几本书，只能想政治上的一个问题，只能围绕一个观点做事，只能说一种声音的话。脑子是被清洗了的，脑子是被一本书的观点、声音占领了的，脑子是被政治胁迫走了的，脑子是被愚弄得怪异了的。所以才竟然能喊出"知识无用"的蠢话来。幸亏我们走出了那个不幸的时代，不然脑袋就可能不是自己的脑袋，脑袋就会一贫如洗呀。

思想的丰富，催生了个性化之美的观点、想法，我们为今天拥有这样一个自由阅读、思考、说话的空间而高兴吧。

也许这仅仅是开始。我们的个性化之美的东西，被压抑、扼杀掉了很多，也丢失了很多，要使个性化之美的东西成为魅力、文化、星光，也许还有很长的路要走。因为我们许多人的骨子里，很不愿别人与众不同，容不下个性化的东西，哪怕它是美的东西。

我们是个独具个性的民族。正因为有着独立的个性，才创造了五千年世界上独一无二的文字、建筑、艺术、哲学、思想等等灿烂文明。遗憾的是，我们丢失了不少个性化之美的东西。比如我们丢失的体现东方个性之美的建筑。我们的水泥高楼几乎淹没了紫禁城、大雁塔、四合院，而恰恰是这些民族个性化的景观，给我们增添了文明的强大与自信。

让我们都来创造、培育、尊重、爱护一个人、一个群体、整个民族个性化之美的东西吧，个性化之美是大美、是文化、是力量。

13. 魂不守舍

坐在家里，躺在床上，独行路上，魂魄却常常在别人家里，在别人床上，在遥远的地方；坐在办公室里，坐在会议室里，坐在主席台上，魂魄却常常在股市或歌舞厅里，在一段美妙的回想里和风景秀丽的山水里，在酒宴的饭桌上或与美女玩乐的情形里；薪水拿的是这个楼的，位子坐的是公家的，人是属于他和她的，魂魄却在别的楼里，在自己家里，在别人怀里……这些好像都可以阐释“魂不守舍”这个词。

总以为魂不守舍的人，是那些爱恋极致时才会有的状态，其实不然，美女的诱惑最让人魂不守舍。恋爱男女不必多说，哪个有过美好婚姻的男女，没经历过朝思暮想、魂牵梦萦的折磨！这种折磨会有做贼时的偷窃感，而最受煎熬的却是婚外情者，想见不便见，常不在“服务区”；人在东头，心在西头，魂魄与躯体时常分道扬镳。一些有权人、有钱人，好像终生都在不停地恋爱，爱一个，又爱上一个，再爱上一个，又再爱上一个，接着还爱上一个，再接着还爱上一个，究竟爱多少才算够？有的几个，有的数十个，有的几十个好像不够。这样频繁地恋爱，意味着爱一个，至少会魂不守舍一阵子；又爱一个，至少又魂不守舍一阵子；再爱一个，至少又魂不守舍一阵子；接着爱上一个，至少又魂不守舍一阵子……这样的魂不守舍，难道不累吗？哪会累呢，有流行语道："恋爱心脏好，暗恋人不老"，一语道破此事劳而不累、乐此不疲的缘由。

在这样的状态下，那种魂不守舍的神情，是很有意思的。他和她相守，只是人与人在一起罢了，魂却在另一个人那里。即使一分钟也没离开，那魂却一分钟不知离去了多少次，也许离去了压根没再回来过；他和她做爱，虽然身体是他和她的，魂却在另外的他和她身上。有人隐秘地透露说，他跟她结婚几十年，虽在一个屋里面对面，虽在一口锅里吃饭，虽在一张床上睡觉，他的魂却在另一个女人身上；她每次同他做爱，都把他当做另外一个他。如果不把他当做另外一个他，她对他的厌恶程度不知会有多深。这是多么残酷的事情。既然魂不在一起了，为什么还要厮守在一起？她和他说，几十年都过来了，熬一熬就到头了。到头了，进了天堂，魂魄就能在一起了？在一起的时候魂都不在一起，到了天堂也不可能在一起的。

坐在那个楼里的人，坐在那个办公室的人，坐在那把交椅上的人，以为脑子都在想那个楼里的事，想着那个办公室的事，想着那把交椅上的事吗？未必。他人在那个楼里，本应做那个楼里天经地义的事情，可魂却不在这个楼里和也做着与这个楼毫无关系的事情；他人在那个办公室，本应想那办公室赋予的天经地义的事情，可他魂却不在这个办公室和不在这个办公室的事上；他人坐在那把交椅上，应思和做这把交椅赋予的事情，可魂却坐在别的交椅上和办着与这把交椅不相称的事情。

这样一来，以为他上班就是这个班上的人，其实只是坐在了一个领薪水的地方；以为他那么忙是在办公家什么事情，其实在办自己的事和对己有好处的事情；以为他的一个又一个电话是在谈公家的事情，其实那一个又一个电话都是在谈私事；以为他在电脑上神情专注地看国家大事和办理要紧公务呢，其实在看电影或在炒弄股票等与公务没有任何关系的事情；以为他埋头在办公桌上津津有味地看业务书呢，其实在看与业务毫无关联的“厚黑学”和“发财术”；以为他在聚精会神地思考什么工作难题和聆听台上人的讲话呢，其实他在苦想与工作和大会无关的事情；以为单位和办公室与公司无关，其实他把单位和办公室当成了自己不花租金的公司；以为公车是公家的和公家的钱财更是公家的，在他那里更多时候它是私人的……正因为机关里有诸多魂不守舍的人，有诸多人做着魂不守舍的事，才有公家的东西不翼而飞，才有公家的时间没有个人时间耐用，才有蜗牛爬行效率，才有许多官员比公司老板有钱。

一艘船被开翻沉没了，一辆轿车开到了山谷，一辆接一辆车追尾，不是机械原因，而是司机走神。走神的实质就是魂不守舍，人在开船，人在开车，魂却在船外、在车外，那船和车不就成了有人无神的游兽了吗！好像天下绝大多数的事故，都是魂不守舍的结果。

人海里那么多的人显得六神无主，有人眼睛没有生气而显得空洞，有人走东却走到了西，有人把贴身包与物品忘在别的地方和别人车上，有人会把事情忘得一干二净和压根没有听到有人在对他说什么。这是什么状态？八成是魂不守舍的缘故。

进入了人人想钱搞钱的时代，大多人的思维都围着钱在转；进入了眼球不够用的时代，上网的人越来越多了，进书店看书的人越来越少了；看图画的人越来越多了，看文字的人越来越少了；看名著的人越来越少了，看通俗和实用书的人越来越多了。追求金钱成了潮流，成了日思夜想的事情；网络成了年轻人的世界，到了不上网活不成的程度；看名著成了多余和无用的事情，成了浪费时间和精神的事情——所有的价值都体现在了官大和钱多上了，人人都想挤在这两条“独木桥”上，可又是那么艰难，因而也就多了魂不守舍的人。

魂不守舍的人多了，让人会觉得，空气里肯定满是飘荡的游魂，飞来飞去，上蹿下跳，心急火燎，落不下来，找不到去处。实际也是这样，许多人的魂，飞来飞去，上蹿下跳，心急火燎，落不下来，找不到去处，不知道怎么才好。

三、没有回应的询问

1. 微笑值多少钱

在亚洲，泰国的山水也许不是最美的，但泰国人的微笑，却是很美的。泰国人的面露微笑与祥和，是上到国王、下到百姓普遍化和习惯性的。这似乎是世人对泰国和泰国人倍增好感的原因之一。尽管目前泰国政治形势紧张，但游客却持续增长。在我赴泰的2008年上半年，入境旅游人数比去年同期增长百分之十四点四。说明，这里的美景和人，都让人喜欢。微笑成了一种生活习惯，微笑对经济产生了影响，这让人感到，微笑是有“分量”的，更是有价值的。由此想问，微笑值多少钱？一个民族的微笑会创造什么价值？一位泰国人对此说，微笑虽如阳光和空气一样普通，但比黄金还要珍贵。他回答了微笑的分量和价值。

当然，作为一个“黄袍佛国”，你可以把他们的微笑和祥和，归属于信仰的润泽。但这微笑和祥和的面孔，如若成了国民的一种素养和文化，就不得不让人起敬。

既然真诚的微笑比黄金还要贵重，那么具有五千年文明史的国人，又是怎么看待微笑的呢？我们是喜欢微笑的，是一个对笑理解相当深刻的民族。我们不仅会微笑，而且会笑得比任何人灿烂。而现实是，我们中许多人虽有微笑，却是“笑”给亲朋好友和熟人的，“笑”给利益人的，一般情况下我们不愿笑，也不会笑。

看看，在机关，在机场，在大街，在电梯等公共场所里，太多的人紧绷着脸，太多的人不苟言笑，太多的人脸冷冰冰的，仿若给别人以微笑，要付费和失去什么似的，十分吝啬自己的笑脸。如果说微笑是人最美好的语言，那么一张张冷脸传递给别人的会是什么呢？是冷漠、距离、拒绝。这世界缺粮食，但更缺笑脸。谁会愿意亲近一个没有笑容的人呢，谁会认为一个冷面的人友好呢？

我们的脸上为什么缺乏微笑？不错，我们有沉重的历史。中华民族的多灾多难，让我们沉积了太多的忧伤。我们缺乏笑容，是因为有贫穷的阴影，有民族的压迫和战争的创伤，有“文革”搞坏了的人际关系的影响，有生存压力的外在因素等等。但这只能是缘由，却不是根本理由。

微笑，果真是幸福的洋溢和快乐的宠儿吗？当然是，但又不尽其然。幸福的人当然会微笑，而缺乏幸福的人，也不该有一张哭丧的脸。常常，微笑并不是财富和物质的兄弟；常常，好运的“绣球”是抛向面有笑脸的人的。苦难中的那些慈祥的人、乐观的人，同样有微笑。全在于，你愿不愿打开笑的窗户。

微笑，是心灵的花朵，是爱意的桥梁，是一种善良、宽厚的心态，是一种文明的生活习惯。真诚、善意、友好的微笑，是呈献给他人的花朵，会让举起的屠刀颤抖，会让寒冷的阴云回暖，会让门可罗雀的地方成为闹市，会播种和得到意外的收获。

飞快的经济发展让我们富裕了起来，让我们的笑脸多了起来。微笑被当成了一种素质，被看成是财富的“敲门砖”，被社会予以高度重视和推崇，这是文明的进步。在今天，我们缺的东西固然还很多，而最缺的也许是人与人之间真诚的微笑。而真正的笑，却不是咬着筷子练出来的，不是皮肉间堆出来的。需要我们用自己优秀的文化来滋润，需要我们对他人的友爱之心来支撑。

微笑值多少钱？真诚的微笑是天然廉价的，也是无价的。微笑不仅创造人们的亲和力，微笑也可以创造金钱财富。既然微笑仅仅是一扇窗户，何不像泰国人那样，人人打开它，成为一种生活习惯？如若13亿人的中国都会微笑，那将是巨人的笑，影响世界的笑。

2. 人有多少好时光

想起来，这一周也只有周日的这个下午心情好一点。我知道，心情好、身体好的时光，应当是好时光。此时，我的心情不错，我坐在湖边，朝着西落的太阳仰望万里云霞，鲜艳的落霞尽染湖水。这霞光湖色，赶走了藏在我内心深处的忧郁，这使得我的心脾通达，心情豁然，我感到这个下午的我，幸福极了。这一个下午，我度过了一段极好的时光。

美好的时光是让我留恋的。忽然想，这样的好时光是何等难得呀，这一周来，这一月来，甚至这好几个月来，好像都很少有这样极好的心情。当然，极好的心情，是曾有过的，但很短暂，往往像闪现在缝隙的一束光亮，转眼间就不见了，留也留不住，追也追不到。还有，那就是喝酒喝到微醉的时候，酒精让人胆大、话多、飘飘然起来，忽然间感到什么也无所谓，谁也没有什么可怕的，有话何必憋着，一下子从容和胆大了起来。于是说吧，吼吧，尽情地发泄吧，心情就达到了最好的时刻。然而，这样的时光毕竟是通过酒精麻醉大脑起的作用，它给人的兴奋毕竟很短暂，它随着宴散、酒醒而很快消失。宴散和酒醒后，回到了现实的时光里，许多欲望和失意又交织在了心头，许多困难和矛盾涌上了心头，许多灵魂的、肉体的幽灵开始作怪，许多忙不完的事情搅人烦心……许多人的日子，就是这么一天又一天，一年又一年过来的。面对永远也满足不了的物欲和不请自到的疾病，谁能够逃脱掉痛苦和烦恼呢？一个自私和狭隘的人，谁又比谁能够享受更多的时光呢？

一个人有多少好时光？什么样的时光才是最好的时光？对于时间来说，生命中的每一天可说都是好时光，可惜很多好时光被“活着”的麻烦，被纷杂的思想，被疾病的侵袭所占有了。人生最好的时光，不仅仅是童年、少年和青年的生命旺盛时期，身体与心态健康的中年和老年的时光，同样是好时光。好时光，是物质创造的，健康创造的，内心创造的。那么，什么样的人生，才能享受到最多的美好时光呢？

我的童年和少年，是在贫穷和饥饿中长大的。从记事起，每天最大的苦恼和企求，就是今天能吃饱肚子。哪怕刚刚坐在课堂上，也盼望尽快放学，因为肚子很饿。在我的记忆里，我的童年和少年的每一天，都感到没有吃饱过，至少每一天都在盼望米饭。事实上确是这样，家中缺粮，几天断粮那是常事。在这样的生活状态下，贫穷和饥饿足以让人读不进去书，更是感受不到时光的美好。

于是盼望长大去挣钱，那就能吃饱肚子了。在这饥饿中进入了青年，穿上了军装，从此可以吃饱肚子了。当时部队首长问我们当兵的目的是什么，对所有的农村兵来说，实际就是为了吃饱肚子、找“出路”。但我自认为是个聪明人，我的回答是，为了全心全意为人民服务。首长夸我思想觉悟高。而我的陕西战友却说，部队的红烧肉大米饭香死了，当兵是冲它来的，结果受到了首长的批评。虽然我受到了表扬，但我自己感到很羞愧，也很虚伪。但无论如何，这算是我的好时光，一顿想吃六个馒头，就有六个馒头，想吃八个包子，就能吃到八个包子，管够。

在那全国绝大多数人都在贫困的年代，除了在部队能够放开肚子往饱里吃，又有哪里能吃到如此的饱饭呢？我感到刚当兵的那些年，是我人生最好的时光。但随着复员期的临近，入党、提干等前途问题的困惑，如若这些问题解决不了，这样的好饭再也吃不着了。但后来当了干部，这碗好饭算是吃上了，但又为如何吃得更好，如何让家人吃得更好而奔波、拼搏、烦恼，一直到现在。回头看，从饿肚子参军到吃饱肚子，再到现在饭已经吃得很好了，每天几乎都在忙着、烦着，到底又享受到了多少美好时光？也就是那当小兵吃饱肚子很少忧虑的几年吧。再后来，为了当官，为了有钱，为了房子，为了女人，为了先进，为了上司，等等，脑子中的欲望和四肢的忙碌，不知赶走了多少好时光。直到现在，奔五十的我，感觉仍没有享受到不同年龄时期的美好时光。

我生活在都市里，我有固定收入，我肯定比我的父辈享受到的好时光多吗？我不好说。我的父辈是农民，他们是在贫困、饥饿、疾病中走完人生的。他们在七八十岁的人生中，享受到了多少美好时光？这我不知道。在我看来，他们习惯了饥饿和贫穷，也习惯了疾病的折磨，我没有听到过他们痛骂日子、痛恨时光什么的，他们在苦累的劳作中，快乐的笑容常常有。我的爷爷看着集体的树林，每天清早赶着几只羊，把喂饱的羊拴在树上，便躺在树荫下、草地上跷着“二郎腿”打盹、观云、看鸟，傍晚落日时回家；我的奶奶组织村里妇女下地、开会、到十里八乡和县城作报告，风风火火，回到家里千层饼做得很香，老两口吃得合口。他们都很高寿；我父母养育了六个子女，虽然在贫穷和疾病中挣扎，但看着孩子们一个个长大，脸上洋溢着幸福……

我的女儿是京城长大的孩子，每天的面包牛奶常常不爱搭理。从小到大，为劝她喝牛奶、吃鸡蛋而向她说好话，甚至生气。她和她的同学，生活在面包、牛奶的摇篮里，生活在要钱给钱、要衣服给衣服的富足家庭里，但她们说“没意思”、“没劲”、“累死了”等等，她们很少有快乐的大笑。你若要问她，你度过的美好时光是什么时候？她们说，没有。从幼儿园到大学，没有过快乐的时光。她们的未来，肯定会有很多美好的时光，但就业、竞争、择偶、生育，要过上体面而富有的生活，仍是需要付出巨大努力的。这些辛劳，会让多少本来美好的时光失去鲜艳的光泽呢！

我们的身边，有的朋友和熟人，很年轻的时候就病倒了，去了天国。他们被疾病折磨着，他们没有活到人的常规年龄，他们没有享受到本应有的美好时光，这是命运的不幸，也是人生的遗憾。而我们更多的人是幸运者，上苍恩赐了我们健康的身体，而我们在忙什么？在忙于做官，忙于发财，忙于社交，忙所有能够获得物质和利益的事情。看看吧，忙得快退休了，钱也挣得两辈子花不完了，朋友也交了满天下，要问他享受到了多少好时光，大都说没有过上几天安闲的好日子。他们要等退休了、钱挣够了，再好好享受好时光。但谁又能知道，那时自己的身体和内心又是如何的境况，又能够活多长，能够享受到多少好时光呢？许多人把享受好时光的梦想，放在未来和老年，而老年是体力衰弱的年龄，又是疾病不请自来的年龄，更是人生走向谢幕的年龄，又能够享受到多少好时光呢？

人有多少好时光？应当说，生命存在的每一天，都是好时光，就看你是否抓住并享受。但这取决于自己，取决于你感受好时光的标准是什么。这是乐观的人、豁达的人、坚强的人、欲望淡薄的人才能抓住和获得的。对更多的人来说，人生感到没有多少好时光。不是在生老病死的痛苦中，就是在功名利禄的追逐里，再不就是日复一日的操劳里，这一切的身累和心累都把好时光湮没了。许多人回首一生，说他没有享受到多少好时光，这不奇怪。

人的好时光，是命运在主宰，也是自己在主宰。

进入中年后的我，喜欢坐在湖边，也常常坐在湖边，让湖水照照自己，也从湖水中观看白云和落日，感受自然的平静祥和，感悟天地间的日月轮回。这使得我心如湖，安静了下来；心如镜，能看清了自己。因而，无所谓官职大小，无所谓钱财多少，无所谓是是非非，内心成了自己的，日子成了自己的，时光成了自己的。

就这样享受这好时光吧。感谢上苍的恩典。

3. 人有几副面孔

人在世上，每天要面对许多面孔，那些熟悉的、陌生的、老面孔、新面孔。不仅要面对，而且还要观察、猜测、阅读不同形态、不同表情的面孔，不然我们就无法适应生活。我们几乎要用去许多时间和精力来探寻、破译、理解别人的面孔。我常常因“阅读”不懂那些深沉而复杂的表情而在做事和人际关系上吃亏。

有时，我强迫自己静下心来，调动智慧的细胞，“阅读”某个自认为相当熟悉的人的面孔，想找到对某一个问题的准确答案，甚至对自己的看法找到支持的依据，但很难。不仅如此，就是面对熟面孔，面对熟悉了许多年的面孔，有时仍感到有陌生的地方，甚至还会看到你从来没有见过的另一副面孔。

他在与同事们相处的几年中，给人的印象从来都是朴实厚道，性格温和，待人礼貌。可是，一次，他一改平日的和蔼、友善，竟然对朋友们撕下脸皮，露出一副蛮横无礼、凶神恶煞般的面孔，表情是那样阴狠，语言是那么无耻。是什么让他变成了另外一张嘴脸？是触及了他小小的个人利益？是同事把事情做过分了吗？没有。是他精神出了什么毛病吗？也没有。那么，他为什么会“变脸”，变得让大家一下子不认识了呢？大家不理解。但结论很快找到了，单位新来的“一把手”，是他亲戚。大家顿时大悟：过去大家是“穷”哥们，说啥都行。可现在老子“阔”了，“阔”了就是比大家强了，比你强，还有那个必要继续保持过去那副友善面孔吗？当然没有必要。本来就是一副伪善的面孔，只是由于条件的限制，他把那伪善的一面用温和、微笑掩盖了起来而已。

这本是件生活中的小事，但它使我深思，使我注意起了一些人的面孔来。

某村有一家人，老少善于助人，常做好事，见人无不笑逐颜开。谁家有困难，谁家有病人，谁家需要帮助，甚至深夜谁家大门没有关，他们总能看在眼里，及时周到地伸出援助之手。全村人都夸他们是大好人。但谁能想到，他们白天向人们笑着的面孔，到了夜晚就变成了魔鬼面孔。父亲、儿子、女婿，深夜持刀他乡，入室掠夺钱财，而且杀人灭口，惨无人道。

一年多时间，入室抢劫钱财一百多万元，杀死二十六人！这发生在辽宁某村的事件，上了报纸电视，使善良的人十分惊愕。我久久端详着凶犯们的恶迹、照片，心“怦怦”直跳。天哪，要从他们乐呵呵的面孔、乐于助人的热心看，你压根也不会把他们与魔鬼联系在一起；要从面相上看，父亲、儿子、女婿无不是一副憨厚、善良的面孔，哪能做出破门抢劫，持刀杀人的勾当来。真是“白天的善人，晚上的恶魔”。他们是怎么练成了一副白天和晚上截然相反的阴阳脸来的？让人想起就怕。

有人说，世上最看不懂、最复杂的景色，就是人脸。这让我对人脸畏惧起来。人有几副面孔？看来，一些人不仅仅是喜怒哀乐这么单纯的面孔，还有阴暗面孔、阴阳面孔、恶魔面孔，只是隐藏得深，让你轻易发现不了而已。看来，以简单的观

“色”给有些人下定义，肯定是要出“岔子”了。

世界变得越来越不简单，人们的面孔变得也越来越不简单了。这让我在更多的时候，面对熟悉的、陌生的、有笑容的和严肃的、和蔼的、阴冷的面孔，很是困惑，不知道这一副副不同形色的面孔，是真实的还是伪装的，应该怎样判断、回应。要对这些复杂的面孔、深藏不露的面孔作出本质的洞察、判断，我是无奈的。

你有几副面孔？像我这样浅薄之人，今生也只能有两副面孔了。一副是笑面孔，另一副就是怒面孔。遇好事笑，遇烦事怒。人前是这样，人后也是这样；在家人面前这样，在他人面前也这样。脸上表情与内心感情一样，气在心里就表现不出喜悦的笑脸，脸上藏不住内心的丝毫不悦。为此，自小至今，家人、朋友常常告诫我：要练“脸部表情功”。就是心里想什么，表情没什么；心里喜什么，表情没什么；心里怒什么，表情没什么……总之，就是练成凡事不喜形于色的功夫。别人认为你要哭，但你不仅没哭反而笑了；别人认为你会愤怒，你不仅仅没来“火”，脸上反而笑了；别人以为你会……够了，我练不会！

唉，做人要那么多面孔干什么，还是保持这副天生的、死板的、简单的面孔吧。我想，这样不累。

4. 谁是你的真朋友

谁会拒绝交朋友呢？但谁又能弄清楚所交的某个朋友，是个好朋友，还是个坏朋友？是互益的朋友，还是有害的朋友呢？常常是，我们被朋友帮了，被朋友利用了，有时还被坑了害了。这一点，最有深刻体会的，是那些商场上、官场上倒霉的人，他们都有着被朋友利用、坑害、伤害的刻骨铭心的感受。

我们有很多朋友，但其中肯定少不了两种朋友：一种是利用你的朋友，一种是有可能会害你的朋友。谁是利用你的朋友，你很难认清楚；谁会是坑你害你的朋友，你也看不清楚，只有坑你害你了才知道。交朋友容易，但要避免不被朋友利用，不被朋友坑和害，不容易。这就让人感到，交朋友的事，不是件简单而随便的事情，是一个人“立身处世”的大事情。尤其在这个实用主义风行的社会，我们哪个人没遇到过让人失望、愤慨的朋友呢？

我们有很多朋友，其实很多都是想利用你的朋友。甚至有些朋友，在时常“策划”你，策划怎么利用你的资源为他所用。

我们常常被某些朋友利用。她就是我朋友中的一个。

我们好几年没联系了，有一天，她忽然发来几条热切的短信，嘘寒问暖，让人好不奇怪。我问她，有什么事吗？她说没事，只是想我了。她赞美我很多，赞美中带着煽情的话，我觉得她一定有什么事要找我办。我反复问她，她仍说没事可办。她是做文章生意的，也就是替人捉刀写文章的，虽然把赚钱看得很重，但她那以写文赚钱的拼劲，我很佩服，所以我们成了朋友。但成了好朋友后，她三天两头要请我吃饭，要我办这事办那事，办了事也不好好感谢办事的人，好多次让我还人情。她在纯粹利用我，或者利用我发财。自从我对她有了看法，就对她淡了。

好久没联系了，她忽然跟我联系，不办事她怎么会在我这儿浪费时间呢，她一定会找我有什么事。果不其然，一段时间后，她要我为她侄女办一件事。我说我不认识那个学校的领导。她坚信我一定会找到人并办成。因为她知道，我有在那个机关的朋友，只要我想去办，肯定会办成。但我怕她又在利用我赚钱，我推了。她又是打电话，又是发短信说，这真是个大山里亲戚的孩子，上学不容易，我一定得帮一把，不然她的前途就完了。她说得让人怪动心的。我反复问她，她是你的亲侄女吗？要不是你亲戚的孩子，我不管这闲事。她说绝对是我亲侄女，你一定帮一下，不然……她又说了这孩子多不容易和让人同情的一连串动人的话来。

我被她说相信了，也被她说动心了，我托朋友给办成了。

事情办成了，没有花费什么，助人为乐，她欢喜我高兴。但随后这事又让我极度难受。一段时间后我才知道，让我给她帮忙的这孩子，根本不是她的亲侄女，而是一个领导的孩子。她办这个事，拿了人家好多钱。她又利用我赚了一笔。对我来说，利用我赚了钱不算什么，我能帮朋友赚钱，我是乐意的，只是我对她谎说那孩子是她侄女而不悦。

这由此让人感叹，人在社会，谁没有七大姑八大姨，谁没有需要别人帮助的时候，谁不求人？朋友间应该帮忙，但看帮什么忙，是给谁帮的忙。如果真是为亲人的事情，不违犯规定，朋友间相助，是应当的。但现在的人，如今的朋友，为了寻找充分理由办事，也为了冠冕堂皇地赚钱，编出是自己的什么亲戚来，让你难以拒绝不去帮忙。结果是，你给别人费心办事，实则在给别人帮忙挣钱。这样经营、策划朋友的人，如今越来越多；利用和被利用，在朋友间防不胜防。所以，现在交真朋友难，交一个不被利用的朋友难。我们更多的是，交了一些互相利用、资源共享的朋友。

但话又说回来，你没有利用价值，又有谁会利用你呢。被人利用，还是人的价值的体现呢！不这样理解这样的事、这样的朋友，你就会对更多的朋友失望。有些人常常被朋友坑得不浅，害得不轻。让人对某些朋友产生迷茫。我的一位要好的朋友，给我讲了件事情，听了让我心里一跳，有了些思考。

他说，他的朋友，求他帮孩子考某大学专业。那个孩子学习平平，要从外地考到京城的大学，这样的学业是不可能到北京上任何一所大学的。他的朋友哀求他说，就这么一个孩子，你一定得全力以赴帮忙。朋友的孩子的忙不帮情义上说不过去，他帮了。他是求一位朋友帮的忙。他的朋友认识那所大学专业课的老师，可以从考专业课的方式，参加考试录取，国家允许，只是前期需要大量的专业课辅导。帮这样的忙太麻烦，要帮忙对孩子进行长达一年多的专业辅导，牵扯不停地请老师，请人吃饭和花费。他朋友不愿管这事，他费尽口舌，说动了他朋友，便把朋友的朋友引见给了他的朋友。

他所求的这位朋友，是个真诚义气的人，答应人的事情，很卖力，朋友孩子每次从外地来，一次次给张罗辅导课，而且想方设法给找人业余辅导专业课。为辅导朋友孩子的专业，折腾了他一年多时间，使孩子的专业课水平迅速提高，考试过了。朋友的孩子顺利考进了这所大学。

朋友说，当然请老师辅导和吃饭送礼，是有花费的。花费多少，他从不沾钱。他有一个原则，给朋友帮忙，只牵线搭桥，从不沾朋友的钱，以免办事办成办不成，说不清楚。他幸好把住了交友的原则，避开了办事的花费。但这位朋友遇到麻烦事后，却说办事的钱，是他朋友诈骗了他。他不知道，这是什么性质的诈骗。

诈骗应当是花了人家钱，没办事。而人家把你的事办了，是你找人家办事，是你愿意花费的，怎么把自己的情愿和别人的帮忙，说成了诈骗呢？真是胡说八道。这事，搞得他和朋友一度内心很痛苦。

这就是给朋友帮忙的回报。朋友说，他的内心受到了伤害。据说，称他朋友诈骗的那位朋友，非常后悔。但后悔弥补不了对朋友的伤害，这个朋友交错了。

这让我们清醒的倒是，朋友间，没有利益相争，没有发生什么事的时候，都会是称兄道弟的，都会是咬耳搂脖的，一副酒肉不分、侠肝义胆、拔刀相助、亲密无间的样子，一旦发生利益冲突、出事，就会反目为仇，甚至出卖与陷害。如此被朋友害和坑的人，不知有多少。要提防有些所谓的朋友。但也有侠肝义胆、甘愿吃亏的朋友，但这是少数。这样的朋友是真朋友，更是品德高尚的朋友。拥有这样的朋友，是人生的幸事。

人生在世，不能不交朋友，也不能没有朋友，交哪些朋友是福，交哪些朋友是害，不经过事情，不经历风雨，很难搞清楚。这世界讲的是资源共享，互相帮助，真诚能交到朋友，利益中更能交到很多朋友。让朋友利用，是不可避免的，也很难分清楚是利用还是友谊，只要不出格，被利用也不必太认真。但有一点，不交无德的朋友，不交自私的朋友，不交腐败的朋友，这是可以防范和做到的。不交这样的朋友，起码也会使自己少一些陷阱。

5. 让你重活一遍愿意吗

即使活到年龄的极限，也没有人愿意死去，也很少有人不愿意永远不死。人可以企望不死，但死是天定的，人必定得死，那么人死了还有来生吗？那么人希望有来生吗？没有人能够解答这个问题。但可以问一个问题，假如让你重活一遍，你愿意吗？

我问自己，要不要重新活一遍？我很矛盾。要重新活一遍，可以避免幼年的家庭贫寒，可以避免十年内乱的学习贻误，可以避免生存压力的困惑，可以选择另外一条从业的道路，可以避免许多不如意……想到这些，我又犹豫了，假如要活在现在的这样一个好时候，要活在条件优越的这个都市，要有这样一份职业，要有现在这样的好身体，要有现在这样的生活状态，可能吗？好像不可能。我是家中老三，要是在现在，我是不可能被生出来的；我若不从事某项职业，我来这个都市生活的可能性基本不存在，我是多么喜欢现在生活的这个都市啊；我如若没有那二十多年生活的磨砺，哪有现在对事业的一份执着和勤奋呀；要选择职业，也未必能够选到现在这样一个好职业，以至于想象可以成为富翁，可以成为高官，可以成为名人，那都是想象，还很有可能成为农民呢！自己本身就是农家孩子，那么多的同伴至今仍是农民，我怎么就不会成农民呢？我感到，今生上苍给了我很多恩赐，我已经得到了很多，我对生活已很满足了，我想我就是重新活一遍，即使我能够来到世上，也不一定能够活到现在的生活状况。所以，我感谢现在拥有的生活，我很知足现在得到的，我能够生活得不很差，在很多人中是幸运的。我怕重新活一遍，如若要重新活一遍，有可能就没有这么幸运了。

假如让你重活一遍，你愿意吗？我问我表姐金辉，她说："我不愿意，太辛苦了；一辈子就够了，不想重新活。重新活的境地，能比现在好多少呢？"表姐的话出乎我意料。在我看来，表姐一定想重新活一世，因为表姐是厅级干部，当过省委组织部的处长，是一个市的组织部长、副书记。一个贫民家庭出来的女孩子，能走上这么高的位置，那是很辉煌、很幸福的事情了；而唯一的不幸，是她中年丧夫，至今过着单身的生活。

在我想来，我表姐一定会愿意重活一遍的。如果她要重新活，不至于读书感到先天不足，可以考中国的名牌大学，毕业后分到国家机关，凭她的聪明才智，很快可以成为处长、司长、部长，甚至可能进中南海做领导，不至于一辈子生活在落后的西北；可以找一个懂得生活、懂得爱情、身体健康的大学同学做丈夫，也不至于伺候了丈夫还要早早送走他，使自己遭受这么大的生活磨难。没想到表姐说，这一切美好的前程和生活，都是想象。重新生活，谁能又保证我就能考上名牌大学，成为领导干部，找一个比他好的老公，生活一帆风顺，没有磨难呢？作为一个女人，也作为一个女人中的佼佼者，今生的现状已经很不错了，官当得再大也带不来更多的快乐，再活一世既是生活的重复，也还得经受很多苦。重新活一遍没有意义。

假如让你重活一遍，你愿意吗？我问一位经营成功女士。她大学毕业后分到了北京一家银行，如果没有裁员之事，她会一直端着那金饭碗到退休，享受美好的晚年。那会是一种温室般四季如春、没有风浪的生活和人生，应当是女性最惬意的人生。可是她被裁员下岗了，稳定的工作和丰厚的收入转眼间没了，今后的生活怎么安排？那时她二十多岁，面临的是今后的生活没了收入来源。钱从哪里来？得靠自己去找。她开了一个公司，十多年来，执着而艰难地做事，终于在北京站稳了脚跟，也终于有了丰厚的收入。如今四十岁的她，虽然今后衣食无忧了，但她仍然在不停地奔波，很是辛苦。是不是想重活一遍？她说，她想重活大学以前的学生生活和童年。她说，童年很幸福，少年和青年很快乐，进入社会不快乐。从校门进入社会的生活，不想重复，重复是一种艰辛，是一种痛苦。

假如让你重活一遍，你愿意吗？我问一位朋友。他从小参军，上过老山前线，立过军功，有过辉煌的过去。他有很好的歌唱艺术素养，由于婚姻的失败和痛苦，错过了走上艺术家、歌唱家台阶的机缘。他虽已四十多岁，至今仍在梦想成为歌唱家，但现实告诉他，成为歌唱家的可能性基本不存在。他如此热爱艺术和歌唱，我想他一定想重活一回，以实现他歌唱家的心愿。他却说了两种话，他说，他不想重活一遍。歌唱家是梦，这个梦是缥缈的。这个梦究竟能不能实现，实现了对人生又有多少意义呢？这话是他心情不太好的时候对我说的。而有一天，在他情绪好的时候我问他这个问题，他却说，他想重新活一回。重新活一遍，可以博学知识，可以设计人生，可以慎重选择婚姻，可以找到事业成功的阶梯，让自己的人生可以少点弯路，走得精彩一些……

假如让你重活一遍，你愿意吗？这是个简单而复杂的问题。有的人不愿意，有的人拿不定主意，也有许多人非常愿意。唉，同样是生活，造成的却是苦酒或蜜，而更多的人喝到的是苦酒。不过，苦酒可以变成蜜，蜜也可以当成苦酒来喝，这全靠自己的味觉了。是不是要重活一遍，在不同的心境下，会有不同的选择；选择也会随着时间、环境、物质的变化而变化。

人活一生很辛苦。人生自古多磨难。人要活下去，活到老，需要快乐的心情，更需要坚强的毅力啊。

终日忙碌，生老病死，悲欢离合，人生是一杯苦涩的酒。至少说苦涩的酒是人生的一部分内容。哪个人活得轻松呢？贫穷的人，有钱的人，做官的人，怎么很难看到活得无忧无虑、幸福无比的人呢？人活着，要活出幸福和快乐，倘若不为温饱所虑，那就活的是内心了。如此境地，你把辛苦和磨难“品”成什么，就是什么。我们更多的人，对生活中的甜越来越麻木了，而往往“品味”到的是苦涩。一个能从苦味中品出甜蜜的人，一定是一辈子活不够的，一定想再活一遍，再活一生。但我们不可能重新活一遍，也没有来世，我们可以从今天开始，重新设计人生，重新调整心态，重新追求生活，完全可以活好今后，重新活出自我。

6. 你的眼里有什么

人活在人群中，我们面对别人，尤其是面对与你命运相关的人，你会琢磨一个问题，他怎么看我？我在他眼里是一个干什么的人？常常，答案很容易找到，它在别人的眼睛里，在别人的口吻中，也在你的一个举止上。常常，有些答案在背后才能找到，尤其是不希望你存在的答案，在别人的仇视中，在别人的忌妒里，在别人的阴谋下，也在别人的狭窄的心胸间。待你发现这些暗器的时候，人家早已不把你当做人的时候，你已经被当做另类，掉入了已挖掘好的陷阱。

于是，我们常常会听到部下对领导的呐喊，人与人之间的怒吼："你没有把我当人看！"人虽然都是平等的，但人在人眼中还是不平等的，没有把人当人看，是很不奇怪的事情。有些敌视、排斥，你是找不出理由的，就是因为你的存在。

这让人想起一句话："别人是自己的坟墓。"也就是说，自己也是别人的坟墓。为什么别人是自己的坟墓呢？我反复琢磨这句话的意思，一时很难理解透彻。为什么别人与自己是对立的呢？难道别人的存在就是自己的不存在，别人的得到就是自己的失去吗？其实，这句话的实质，是针对人与人利益冲突而言的。难怪，这个世界上，人海茫茫，但人比黄金多，人比官位多，人比勋章多，人比好事多。因为，黄金和宝座，是有限的，你得到了，就没我的份；我得到了，就没你的份。所以，把别人看做是自己的坟墓，至少把别人看做是什么的障碍、对手、威胁，是很自然的事情，尤其在利益攸关的圈子里。

这就出现了都想当官，都想有钱，都想成名人，都想出人头地。只有这样，才能充分显现自己的存在，才能被别人认可自己的存在，也可以无视别人的存在。当官，是出人头地的最佳途径，也成了官贵民贱的根本因素。几千年来，至高无上的帝王可以无视天下任何人，高高在上的官员可以无视手下任何人，甚至可以把他的异己和草民杀掉。这也许是促使中国人的官本位意识越来越浓厚的原因之一吧。

当官不是坏事，当官可以造福社会。但当官最容易犯的毛病，就是自高自大，唯我独尊，目中无人了。一个从校门出来的学生，本来是一身书生气，一脸质朴气，为人谦虚，生活俭朴，没有贪得无厌的毛病。有幸进了政府机关，接近了权力，管点事情，从而有人恭维，有人请吃，有人送点什么，渐渐地书生气变成了官场气，质朴脸变成了诡秘脸，对上司满脸笑容，对同级有点笑容，对下级缺少笑容。政府的门里，培养出了一批思想、道德、文化高的精英，也“养”出了一批自以为是、趾高气扬，甚至夜郎自大的人。权力让许多人忘记自己是谁了，金钱让许多人忘记自己是谁了。

许多人，尤其是许多官员，手握权力后，会出现“盲人症”，眼里很少看到别人了，看到的是钱，拿钱时常常旁若无人。有个副市长贪官曾在当区委书记时酒后吐真言：“你知道区委书记的权力有多大？是无限的。”一个区委书记的权力是无限的，那么比区委书记更大的官呢，那权力就更无限大了？如今那些“出事”的市长、书记、县长，贪钱的数目越来越大，要么数千万，要么上亿元。好像当官不拿钱，就失去了当官的意义，实际也是这样。这么多的官员，眼里无人、无法，只有钱，这是官场的悲哀，也是社会的悲哀。

都说当官是高风险职业，其实是低风险职业。拥有一劳永逸的最好保障，只要你眼里有国，眼里有民，眼里有责，眼里有法，不伸手，哪来的风险？如今几乎每年中央机关权力部门的一个公务员岗位，都有数千人报考，而同样是国家机关有些部门的公务员岗位，报考者却门庭冷落。这么多的人，竞争几千分之一的岗位，究竟是冲着什么去的？这背后反映的是一个深刻的现象——权力。这种意识被人热追，是一种很可怕的事情。

还有一个现象，也让人感到可怕。山西大同的煤老板，陕西神木等地的煤老板、纷纷在北京和西安买房子。有的一买就是一个单元，或者半幢楼。买这么多楼干什么？家人和亲戚住。他们怕孤单，也不怕花钱，他们把家人和大多亲戚转移到北京和西安定居，煤矿的城市成了他们的临时住所，而每周不惜长途跋涉回家。

他们为什么这么做？不用他们说，人们都明白：地下的煤总有一天会挖空的。被挖空的一个地方，以后将会是什么样子，可想而知。他们在疯狂地开采，不惜花钱建神坛，希望鬼神保佑他财源滚滚，但却舍不得掏钱救济穷人。他们疯狂地开采，为的是赚到多多益善的钞票，早日撤离到北京和西安与家人团聚。神木的朋友说，我们县有一天赚一千多万的煤老板，把神坛建得高高的，但从来舍不得施舍穷人。他说，像他们这些一天赚一千多万的煤老板，就应该活一万岁才行，不然那么多钱怎么能花得掉！

眼里只有钱了，眼里只有权了，眼里什么都不存在，没有什么大不了。这是现在许多人的眼睛。他们的眼睛很小，只能装下官位、金钱和自己。

眼里没了别人，你还在别人的眼里吗？眼里没了世界，世界里还有你吗？可悲的人，他们眼里只有自己。

7. 男人该是啥“味道”

男人该是啥“味道”？我告诉你，你看过电视里《动物世界》吗？那动物王国里的老虎、豹子、狮子，还有狼，才是真正有“味道”的“男人”哪！它们在动物王国里形象阳刚十足，“气质”风流倜傥，面对猎物敌人，总是那么机智、勇敢、凶猛、有力、顽强。相比之下，人中，男人应当是力量的象征，英雄的化身。男人应该具有什么样的内在和外在的东西？我觉得应该具有老虎、豹子、狮子那种机智、勇敢、凶猛、有力、顽强的英雄气概。但可惜的是，我们中只有为数不多的男人，才勉强成为有英雄气概的男人，而更多的男人身上本应有的勇敢、力量和顽强，那种“虎”气，已经退化为“猫”气、“家犬”气啦！你看嘛，现在的男人，尤其是城里的男人，大多养得如同女人一样细皮嫩肉，弱不禁风；说起话来软声细语，吞吞吐吐；遇事畏首畏尾，生怕掉下石头砸了自己的脚。上海的一些男人就是这样。还有更多的男人，靠补品靠“伟哥”支撑雄风。我担忧，我们这个社会和民族，如果这样的男人越来越多，那么我们这个民族和社会越快完蛋……在去上海的火车卧铺上，坐在我对面的中年上海女人，这样侃侃而谈，让我这个做男人的感到后背发凉。但她似乎不管男人的存在，或许就是对着我们几个男人说的，虽然已经不爱听，但她的谈兴正浓着呢。

上海女人说，我们的很多男人为什么少了男人的“虎”气和雄风？为什么退化成了不男不女、不强不弱的男人？为什么许多男人胸无大志，无所作为？这其中有社会的问题，有男人自身的问题，但我认为应该责怪女人。我们做女人的，应该为男人雄风的日益退化而负责。尤其是如今的上海男人，我简直觉得不可思议，老大的男人，成天不去拼“世界”、忙事业，却成天挎篮子买菜，围着女人和锅台转，沉溺于过小日子。不是说男人不应该买菜、洗衣服、进厨房，但这些活男人干多了，占去他生活的很大部分，会怎么着？久而久之会变成家务式的男人。家务式的男人，眼光必然在小圈圈里转，思维必定受限，时间长了意志消沉，思想萎缩，还能有什么干大事的雄心壮志？就像公园里养尊处优的老虎，笼里关久了的飞禽，不能捕猎和飞翔，能力废了。这是多么可怕的事情啊！上海男人更让人受不了的是，大多小白脸老鼠胆，男人的阳刚好像被蒸发了似的，别人一抡拳头，就吓得直窜；动嘴行，动手熊，性格怎么向女性靠拢。我虽是地道的上海女人，但我十分不喜欢这样的男人。我喜欢北方的男人，长得有男人身板，说话有男人的声调，性格有男人的痛快和豪爽，干起事来干脆利落，风风火火，浑身显得有劲。当然，北方男人有大男子主义和言行粗鲁的毛病，这是我不喜欢的。总之，这样的男人尽管也是雄风退化了的男人，但总比上海小男人强。这不，为了我儿子不变成纯粹的上海小男人，我到北京专门考察联系大学，决定让儿子在北京读书，也好跟北方男人学学怎么做男人。

这一点，我说过，中国的许多男人沦落到今天这样一种缺少雄风的境地，我们做女人的是有责任的。

8. 谁会记着你生日

自己会记住自己的生日，别人不可能永远记住你生日；自己给自己过生日酸楚；别人给自己过生日幸福。

——题记

你今年多大了，你过了几次生日，有多少次生日为何没有人向你庆贺，你的生日有谁会记住并很少忘却？这简单的问题，对远离父母或没有父母的人来说，好像是个让人伤感的问题。

不管多大年龄，我们肯定是过生日的。那一次次有人给你做鸡蛋面的生日，是在母亲的身边过的生日。在母亲身边，每年生日是会吃上鸡蛋面的。

自从远离母亲，就很少吃上生日鸡蛋面了。单身的生日，只有自己给自己煮碗挂面，要么到面馆要一碗面，充当母亲给做的生日面。但这面怎么也吃不出母亲做的那种香来。成家了，母亲不再提醒你的生日了，过生日的事，自然交给了另外一个女人，跟你恋爱、跟你成家的女人；或跟你恋爱、跟你成家的男人。起初，对你的生日记得牢牢的，又买蛋糕，又送玫瑰，又亲手做手擀面，又订大餐，又点彩烛，又唱生日快乐歌，那生日过得让你幸福感十足。

很快两人有孩子，从此两人牢牢记住了孩子的生日。给孩子过生日，便成为全家最重要的事。怎么过宝贝的生日，才让宝贝高兴？宝贝的生日还没到来，夫妻早已思谋好了。于是，怎么给孩子过好生日，成了婚姻生活中的大事，也成了体现爱情深浅的大事。两口子对孩子的生日谁也不会马虎，会认真操办，且会年年认真操办，宝贝的生日成了压倒所有人生日的事情。

宝贝的生日变成了两人感情“升温计”，而不知从什么时候起，双方的生日却成了只有自己记着的事情，她（他）的生日竟然被对方忘得一干二净了。多么盼望对方给自己过生日啊！眼看生日就要到了，可对方只字不提。你渴望对方问你：“今年的生日怎么过呀?”可没有人提。你每天都在等待对方提你生日的事，但对方好像压根儿不记得有这回事。你故意不提醒对方，盼望对方能在生日这天给你一个惊喜：给你捧回个大蛋糕、捧上一束玫瑰，给你端来一碗长寿面，给你在饭店订了一桌，或者忙得不可开交，哪怕只是打来个祝福电话，短信也行，但直到晚饭吃完，直到上床休息了，对方也没有任何反应，把你的生日早已忘记了。你很失落，你很生气地向对方说，今天是我的生日，你怎么会忘了呢?!

这一提醒和埋怨，你希望听到对方强烈自责、歉意的话，但对方却说，你怎么不提醒我呢?!这生日没有过上，不是对方的错失，反倒成了过生日人的错了。

结果，生日没过成，生日却成生气的事。这情形下，你很想念你母亲，心想在母亲身边就好了，那鸡蛋面多好。你伤心地想，夫妻如果成了搭伴过日子，即便给对方过生日，也是一种形式，是一种面子。

后来，你的生日又被对方一次又一次地忘却了。你对过生日失望了。你生气，你跟他吵架，但你后来的一个又一个生日，照样忘了。你不想责怪对方了，再责怪又是一场埋怨，又会是一场夫妻战争。你不再企望对方记住自己生日了，你不再企望对方给你做碗鸡蛋面了，你不再企望对方给自己生日送祝福的蛋糕、玫瑰什么的了。你会自嘲，咱是千年的乌龟，活得太长，忘记生日了。

也有女人或男人，每年都牢牢记住你生日的，那是“男性朋友”、“女性朋友”。你收到他们的祝福电话、短信，很兴奋，但你尤其希望夫妻对方的祝福，但没有。过后的几天，你会接受男朋友、女朋友给你补过生日的邀请，会接受送给你的生日礼品。你感到内心的失落得到了填补。但你有点讨厌对方了，尤其是被忘却自己生日后的好些个日子。这种讨厌，渐渐变成了情感中的阴影。

你压根儿也明白，你的生日，你孩子是不会记住的。你从来也不盼望孩子记住你的生日，就是你有多么盼望，孩子也不会记住你的生日的。后来，你也不盼望了。

你终于明白，你的亲人、朋友，忘却你的生日是再正常不过的事了。这个世上只有一个人不会忘记你的生日，那就是母亲。母亲是永远不会忘记孩子生日的。

9. 你的可爱有几分

一个人有十分的可爱，是不可能的。十分可爱的人，是完美的人，完美的人在哪里有，在慈母的眼里，在情人的眼里，在那些极其为人宽厚者的眼里，而除此之外，在别人眼里，很难找到一个十分可爱的人。而事实上，完美的人不存在，十分可爱的人也很稀少。

但我们还是盼望身边，我们相遇的人中，多一些可爱的人。

一个可爱的人，应当具备什么样的外表、行为和品质？当然是端正大方的仪表和可敬可亲的表情，当然是有礼有节的举止和出口文雅的谈吐，当然是坚守操节而充满宽阔和慈爱心胸，当然是谦虚而洋溢博学的才华，当然是甘愿吃亏和乐于助人的大方，当然是诚信、勇敢、义气，等等。这仅仅是公众眼里一个可爱的人的标准。一个可爱的人，也许还不仅仅这些，也许还不需要这么多。在不同人的眼里，对一个人可爱的标准是不同的。至于一个十分可爱的人，是个什么标准，那也许更高，也许每个人的眼里有每个人的标准，也许众人中只有凤毛麟角的人，才能够格。

我们绝大多数的人，可以在母亲的眼里、在亲人的眼里、在情人的眼里、在挚友的眼里成为一个可爱的人，甚至成为十分可爱的人，但要在众人的眼里、同事的眼里、熟人的眼里，成为一个可爱的人，成为一个十分可爱的人，恐怕不是件简单的事。

我们做不了一个可爱的人，也做不了一个十分可爱的人，我们做一个有几分可爱的人总可以吧？做一个有几分可爱的人，是一个人做人的起码要求。一个人连做人的几分可爱都不存在，简直就是一个很差的人了。遗憾的是，我们身边，我们所遇到的许多人中，可爱的人不很多。

我们有很多不可爱的地方、我们身上有很多让人不喜欢的东西。这些不可爱的地方、让人不喜欢的东西，也许是一种丑陋的行为习惯，是一种品德素养的缺失，是一种怪异痼疾的性格，是一种内心的自私和阴暗……我们身上的毛病、让人不喜欢的地方，可以列举出数十条。这数十条的毛病，不可能出现在一个人身上，也许我们身上只存在一两条。但仅仅这一两条，就会让人对你讨厌，让人不喜欢你。

可惜的是，大多人都活在自己的感觉里，活在自己的世界中，很少体察别人对你的感受，也很不愿意接受别人对你的不良评价。我们都很爱自己，但我们基本不了解自己；我们很理解自己，很难看到或承认自己有什么毛病；我们看别人毛病好似看别人的背影那样容易，看自己的毛病却如同看不到自己背影那么难。

所以，让你感到你的身边、这个世界，可爱的人，十分可爱的人很少，很少。可爱的人，十分可爱的人，好像多在影视里、书刊里，多在故事里、传说里。

这不奇怪，如今社会强调“个性化”，想怎么活，就怎么活，想怎么说，就怎么说。许多人早已摈弃别人的感受，摈弃自身的修炼，竟然赤裸裸地会把让人讨厌，甚至讨厌得让人不可理解的毛病，作为个性的需要，无耻而张扬地保留在身上。你不能改变他，你回避不了他，生活不容许你回避他，因为他就是你家里的成员，他就是你的上司，他就是你的父母，他就是你办公室的同事，他就是你的客户。你十分不喜欢他，你讨厌他，但你无法回避与他生活、相处和共事。我们与这样的人生活、相处和共事，是我们的遭遇和不幸。但我们只能妥协、容忍。

我们希望这个人哪天变得可爱一点，这种期盼，是让人心很累的事。

你也许会说，认可一个人是否可爱，是仁者见仁、智者见智的事，是“萝卜青菜各有所爱”的事，你不喜欢的人，未必别人不喜欢，你认为不可爱的人，别人不一定认为不可爱。是的，人与人有性格相投、情趣相投、志向相投、利益趋同等相投，都可以被视为可爱，但这并不替代社会普遍认可的其可爱优秀品质的尺度。一个可爱的人，一个十分可爱的人，是众人普遍认可的人。可爱的人，十分可爱的人，是毛病很少的人。

每个人应该询问自己，你有几分可爱？不要求一个人做到十分可爱，只要做到有六七分可爱，就相当不错了。一个人有了六七分的可爱，真诚、正直、善良，这些基本的东西就会存在。有了这些做人的基本东西，那已经是个很不错的人了，是一个可爱的人了。

做个可爱的人，做个十分可爱的人，是一种做人的境界，也是做人的完善。做个可爱的人，不是吃亏的事，是幸福和快乐的事。我们来到这个世上走一回，去掉我们的芒刺，尽可能做个可爱的人，做个十分可爱的人，让别人快乐，是非常有意义的事情。

10. 你的情人是谁

情人节的浪漫色彩，撩得许多人心头直痒痒。未婚的男女，情人节是加温情感的大好机会，已婚的男女，情人节是唤起昔日浪漫的大好时机。遗憾的是，婚内的许多人，压根没把对方当做情人，他们的情人是婚姻之外的“香”和“嫩”。

情人节快到了，有人心里在嘀咕，我的情人是谁？有情人的人，好似口中含了蜜糖，设想情人节，给她或他“表达”点什么；没有情人的，渴望有个情人，便把自己熟悉的，来往甚多的，有交情的，有点暧昧的人“过”一遍电影，便对某人有了某些喜悦和妄想，要么发短信，要么送礼品，要么约请幽会。别看这“临时抱佛脚”的冲动与举动，还真能激起某些女士心中的浪花，或者还真能得到某些寂寞女士的热情回应。如果你是手握大权的领导，你是身价千万亿万的富翁，你是貌似嫦娥的天仙，更不用愁没有情人，愿意做情人的人，在门外一大群呢。

所以，这个洋节日在国人中的日益浓厚，成了所有夫妻困惑的节日。他有没有情人，她有没有情人？他有情人，她也许也有情人。情人节的这天，似乎所有自信的夫妻，也会冒出轻重不同的某些不自信的猜疑。至于如若被发现对方有好色、拈花惹草、水性杨花的毛病，那情人节就是让对方狐疑的一个节日，更是让对方内心疼痛的节日。所以，聪明的男人和女人，不打算离婚的男女和女人，情人节之前，就把温情浪漫的玫瑰送给了心爱之人，情人节之前，就约心爱之人进过咖啡屋了，买过情物了；情人节之前，就把祝福的电话和短信打过去了，以免在情人节这天的风吹草动，让对方发觉蛛丝马迹，惹来不必要的麻烦。只有那些没经验的，被情爱烧得情绪失控的，对方不在一地的，豁出去爱的，双方都有情人的，打算婚姻重组的，才在情人节约会，电话来电话去，短信来短信去的。

情人节，对已婚男女来说，是个情感微妙和复杂的节日。

11. 怎样才会让你动心

每个人都是不会拒绝利益的。究竟多大的利益，才会让人动心？实际上每个人都有每个人利益的欲望值，这欲望值只是在微利、小利、大利、大大利和巨大利上，有所选择。而这选择，与每个人的需要和欲望密不可分。贫穷的人，也许把很小的利，看得很大，富有的人，也未必看不上小利。比如有人送一箱鸡蛋，一箱鸡蛋几十块钱，贫穷的人，肯定把它看成是一份厚重的利，想来一家人一个月可以不用买鸡蛋了；富有的人，再富有的人，也不会不把它看作是利，想来家里每天都是要吃鸡蛋的，有人白送，不用买了。或者家里多得吃不完，可以把这白来的鸡蛋送人，还会落人情呢。

如果这鸡蛋是需要你花时间成本才能得到，是要你参加一个会，而且这个会又是你十分厌恶的那种买保险的“黄牛会”，你会为得到这箱鸡蛋而去吗？你虽然愿要这一箱鸡蛋，为这一箱鸡蛋动了心，但又想被人拉去听卖保险的课，是烦人的事，这鸡蛋又不是金蛋，更不是稀有东西，八成那些有身份的人、忙于工作的人、有钱的人、怕花时间和赶路成本的人，是不会去听课领这鸡蛋的。如若是这样，那么这被拉听卖保险的课，就没人去了吗？要冲着领鸡蛋去开会的人，难道就会是些贫穷而无聊的人吗？错了，那些前去听卖保险课的人，准确地说以开会名义而实为领鸡蛋的达三百多人，且有三分之一人是开小车去的。在北京寒冷的冬天，有这么多人冒着风雪和堵车，而且还是年轻人、穿着体面的人，赶到这偏远的地方听这卖保险课，这让人不禁折服，保险公司拉保险的人，把人和利，真是琢磨透了。

那么先从一件事说起吧。

办公室里接到一个电话，是保险公司小姐打来的。又是拉保险的，我正要把电话挂了，但保险小姐说，请你听保险业务课，听课可以领鸡蛋。什么“听课可以领鸡蛋”？我把将要挂的电话又拿起来，又问了一遍，小姐证实说，是的，来听课可以领鸡蛋。我想到了商场那大箱的鸡蛋。那一箱鸡蛋，至少有十斤，正要过年了，过年全家就够了。我虽然对一箱鸡蛋略为心动，而为了一箱鸡蛋要花时间去听这无聊的课，成本太大，便回绝，不去！

正好我身边坐着一位同事，他是搞外联的，经常参加这会那会的。正好他近日没事，把这好事给他多好？我问他，听保险课，可以领一箱鸡蛋，去吗？他说，去。我把他的姓名、联系方式告诉了保险小姐。保险小姐告诉他听课领鸡蛋的地方。这听课领鸡蛋的地方，安排得很有意思，在单位附近大型超市里，让人更容易想到超市里的那大箱鸡蛋。

我的同事如时去听课领鸡蛋去了，他对保险课毫无兴趣，他是冲着一箱鸡蛋来的。他想领了鸡蛋就走人。进门签到，但不发鸡蛋。保险小姐说，听完课才能领鸡蛋。问，多长时间的课？说，一个小时。所有来听课领鸡蛋的人，都得听完课，才能领鸡蛋。他想，既然来了，总不能空手而回。为了这箱鸡蛋，那就等吧。他硬着头皮挤进了听课大厅。许多人是开小车来的，厅门口停满了小车，而且一辆接一辆的小车正开到门口。开小车的男女，大多是穿着较为体面的人，他们同所有人一样，签了到就朝小姐要鸡蛋，而小姐都是同一句话——听完课领鸡蛋。没有一个人提前领到鸡蛋。尽管这样，也没有几个人因没领到鸡蛋而扭头就走的。

来听课领鸡蛋的人挤满了大厅，足有三百多人，老中青都有。我的同事在听课大厅，还碰到了单位同部门的一位小伙子。他也是接到保险小姐同样的电话来领鸡蛋的。这几百人的大厅，这办了好多场的卖保险课，本单位究竟又有多少人来过，不知道。我同事觉得，既然在这么多人的听课会场，能碰到同事，那一定还有本单位的人吧。

说是一个小时的保险课，但讲了两个多小时也还没有结束。我的同事好几次想要走，但为了那箱鸡蛋，还是硬着头皮接着听下去。课，讲了三个小时，将要结束了，保险小姐终于说可以领鸡蛋的事了：买两万五千元一份保险，可以领一盒鸡蛋。天哪！上当了！领一盒鸡蛋，而不是一箱鸡蛋！一盒鸡蛋是多少？六个。

买两万五千元的保险，不是给一箱鸡蛋，而是一盒鸡蛋，才六个。问是什么鸡蛋？小姐说，普通鸡蛋。这拿领鸡蛋骗人听课卖保险的把戏，把他和同事，把所有来听课领鸡蛋的人，气坏了。大家跟保险小姐理论，要鸡蛋。保险小姐说，我们通知你的没错，是听课领鸡蛋。但让你听课的目的，是买保险，买了保险可以领鸡蛋。跟保险小姐吵架，吵架也没用，不买保险，不给鸡蛋。就是富翁，谁会就地买两万五千元一份的保险呢，谁会为了一盒六个鸡蛋而买两万五千元的保险呢？除非这六个鸡蛋，是金子做的！但那是不可能的。被骗听了半天保险课，没领到半个鸡蛋的人们，饿着肚子，气怏怏地，骂骂咧咧地，挤车、打车、开车走了。

我的两个同事，是挤公交来的，又挤公交回单位。他们被骗来听课又一无所获，心里不是个滋味。他对他说，掏两万五千元买份保险，才给六个鸡蛋，真荒唐。我们单位的早餐，花两元钱随便吃，你吃十个煮鸡蛋也没人管。他提醒他说，回单位，千万别给任何人说为领鸡蛋被骗听课的事，不然会让别人把大牙笑掉的。他们生着闷气聊天，结果坐过了好几站。他说，我们打车回单位吧。他说，那得花十多块钱的。他说，这钱我出了，赶快回单位吧，已经下班了。

北京的鸡蛋不贵，三块多一斤，打车的十多块钱，可以买三斤鸡蛋，那也是三十个鸡蛋呢。三十个鸡蛋，每天吃两个，还能吃半月呢。他们俩自嘲地说，我们花了半天时间，连六个鸡蛋也没领着，还赔了三十个鸡蛋的钱，今天亏了。这事由我而起，他把这事的过程当作笑话告诉了我。我们俩笑了好半天，我的肚子都笑痛了。

我说，谁让他图那鸡蛋来着，不图那鸡蛋，也就没事了。

但又想，如果我不怕浪费时间，家里真需要一箱鸡蛋，说不准我也会去的。白领一箱鸡蛋，谁不会动心，或者心动呢？它大小毕竟是利啊。在利面前，没有人不动心，不心动的。

一箱鸡蛋毕竟是无足轻重的利，对它心动而不动心的人肯定很多，因为它在利中太微不足道了。而在利的引诱下，假若你是个警惕性很高的人，你是个淡泊名利和品德高尚的人，你是个洁身自好的人，如若有人给你几百块钱的利你不要，几千块钱的利你不要，几万块钱你也不要，那么几十万块钱、几百万块钱的利你要不要？而这么多钱，是足以引起人对许多荣华富贵的联想的。你说你不动心，那么在多大利、什么情形下会让你动心？那么诱你一次不动心，两次、三次、数次呢？也许会是小利小动心，大利大动心的。这就坏了，心动是人之常态，而动心八成又会上当了。

12. 高尚有多少用处

你被一个现象困扰得有点迷茫，你觉得在这个物欲横流的世界里，做一个高尚的人，是吃亏的，愚蠢的。让你产生迷茫的是，许多被视为成功人士的人、许多拥有巨大财富的人、许多享受锦衣玉食的人、许多混得有头有脸的人，并不是些道德高尚的人。通过不高尚手段获得地位、财富、实惠，已是当今社会的一种普遍现象。而这些并不高尚的人，偏偏占着一个山头，坐着一块地皮，做着你的领导，统领着一个群体，你在这样的人中，在这样的空间里，做高尚的人，是种犯傻，你会得到的比别人少，付出的比别人多，你得谨言慎行，你会活得很累。由此，你迷茫高尚，你无数次询问自己，高尚有多少用处?更为确切地说，高尚有多少好处?

你是崇尚高尚和追求高尚的人。你的本分、真诚、厚道，是种高尚。但你却发现，那些狡猾、阴险、自私、虚伪、放荡、卑鄙的家伙们，得到的要比你快，比你多。

让你产生迷茫的现象，太多，太多——

如今很少有强奸犯了，不是“猫”不吃“荤腥”了，而是女人想开了、放开了。当今口不离法的人越来越多，而说道德的人越来越少。道德的好坏，已经不是交友的核心问题了，而是利益至上了。

有些女人为何有大把钞票且又在官场、商场得道，不是她们比别的女人聪明，而是她们多了一些征服男人的手段。

落马贪官们十有八九都有情人，不仅仅是女人多得过剩且放得开，也不仅仅是男人权和钱使不出去，是因为如今“男女作风”已不成问题了。

抓贪越来越狠，而贪人像韭菜一般，铲了一茬又长一茬，不是除“铲”得不快，而是许多人根上就没有廉耻之心了。

于是，你想起了一个词——男盗女娼。这盗中，那些溜门撬锁的算不上什么，有些道貌岸然、活得很体面的人才是大盗；这些娼中，那些为了生活在黑屋里做肉体买卖的不算什么，那些为了荣华富贵以肉体交易的人才是大娼——他们和她们得到了很多，这些道德低下的男人和女人，他们虽然道德丧失了，但拥有了梦想的财富，获得了荣耀的地位，过上了富足的日子，进入了社会的上层阶级，在这些真真切切的现实面前，又有谁去追究他们和她们道德丧失的丑陋呢？没有人。

他们和她们的丑陋，似乎被他们和她们的强势、富有淹没了，覆盖了。因而，那些渴望富有、贪慕虚荣、追求功名的人，太能认同这样的人了，太愿意效仿这样的人了。高尚的道德，已被这些聪明人推给了那些善良老实的人。他们的聪明之处，就是看明白了一种现象，靠高尚的道德，只能做个好人，而做不了大官，成不了富翁，出不了大名，得不到实惠。而可怕的是，这样的聪明人，越来越多，越来越超常聪明。而这些聪明人的成功、地位、富有的背后，是虚伪、丑陋、卑劣、肮脏、无耻和罪恶。

你假设自己是一个有高尚道德的人，这些以丑陋、卑劣、肮脏、无耻和罪恶取得的成功、地位、富有，你会认同、会效仿吗？你想以清高来回答，那必然是嗤之以鼻了。但如若你处在这样环境的人堆中，你被这样一些人的思想影响和挟持，一边的选择是清贫和混在底层，一边是金钱和地位，你会怎么办呢？你一时难以回答了。因为你明白，一个人假如对坚守的初衷，没有信念般的坚守，很难清高得起来，尤其是“高尚”这个被有些人认为抽象的概念，被社会淡化了的概念，追求和坚守它，又有多少用处。这一切的缘由，不是高尚不高尚了，而是大家都活在现实中，活在竞争中，现实和竞争的主角是金钱和地位。没有人对金子不喜欢，没有人对美食不垂涎，没有人对皇位不敬仰，没有人对美女不动心，你也不例外。

假设你很难摆脱某些邪恶的欲望和诱惑，你会怎么样？如若自己是个男人，你会想办法得到它。办法自然离不开偷盗、贪污、欺骗、贿赂等手段，当然先得把高尚扭曲成另外一种理论，得把高尚扔到一边。做到这样，那就离财富和宝座近在咫尺了。如若自己是个女人，是一个漂亮女人，是一个对金钱和地位怀有超级梦想的普通女人，既没有钱行贿，又没有有权有钱的亲爹抬举，那就放开肉体，瞄准那些有权的、有钱的，不管他年龄有多大，满足他们，他们就会满足你的所需。一个男人要“发”起来，其实就这么简单。许多“发”起来的男人，就这么简单；一个女人要不靠力气“发”起来，其实就这么简单，许多“发”起来的女人，就这么简单。

得到了这么多，靠着那些不正当的方式，于是某些人精神又失落了，良心又受到折磨了，又寻求道德的归宿，寻求佛祖的庇护和道德的原谅，他们拜佛去了，做慈善去了。在佛祖和祖宗，在道德与良心面前，他们永远是愧疚的、耻辱的。看看，如今拜佛烧香的人中，多了些有权的人、有钱的人。这些崇拜金钱、权力的人，那些靠邪恶手段获得金钱和地位的人，会受到佛祖庇护，死了会进入天堂吗？这得看佛祖愿意不愿意，为他们网开一面了。

精神失落的人，难道就仅仅是精神失去了归宿吗？也包含着道德的失落。高尚的内心和良好的道德，是种强有力的精神。一个有高尚的情操和良好道德的人，必定是一个精神饱满的人。

一个崇尚金钱和权力的人，必定是道德倾斜的人。因而，一些人的观念有诈，价值观有诈，趋同有诈，目标有诈。高尚与人的观念、价值、趋同、目标等完全可以融合得完美，只是需要认同高尚，追寻高尚，遵循高尚罢了。这是不是要几代人的努力呀？如果是这样，如果我们已经活得很不错了还需那么大努力，那么这个时间就太长了。

高尚有多少用处，也就是说高尚有多少好处？在你看来，高尚的用处，也就是好处，有很多很多。高尚可以让人善良，高尚可以让人心胸开阔，高尚可以让人可爱，高尚可以让自己和别人快乐，高尚可以延年益寿，等等。

高尚的内涵很广泛。一个人就是做到一方面的高尚，也是了不起的。在我看来，一个人如若想在内心修炼和“投资”点什么，首先修炼和投资的应当是高尚。

我坚信，高尚的人，是不吃亏的。

13. 男人究竟要什么

一个女人在歌里柔声伤感地唱道："男人究竟要什么？男人究竟要什么？……"忧怨的曲调，忧怨的发问，声声如泣，似乎在控诉男人的贪得无厌，又似乎在表白一个女人对一个男人的某种迷惘、指责和失望。作为男人的我，被这柔情的歌声和深情的发问打动了。我忽然注意起了身边的男人们：这成天东奔西跑、忙忙碌碌、烦烦恼恼的，究竟缺什么？该有的似乎都有了，这样东张西望、坐卧不宁，究竟还要什么？

想来想去，这歌中女人的忧怨，还是来自缺乏对男人的深深理解。男人喜欢的东西，想要的东西确实很多很多。

男人要钞票。男人对钱的认识、理解远远比女人认识理解得广泛、深刻。钱，可以使一个穷困潦倒的男人、缺少自尊的男人、内心自卑的男人、相貌丑陋的男人、功能萎缩的男人变得尊贵、自信、愉快、神气起来；钱可以使男人想那些平常不敢想的事，办那些平常办不了和不敢办的事；钱可以使一个俊男人脸绽花朵、风情万种，可以使一个丑男赢得美女的欢心。钱，对男人来说，意味的东西太多了。所以，男人成天忙，忙别的，更为钱忙。钱是男人的兴奋剂，有了一笔钱，便想另一笔钱；有了万位数存款，便想着几十万的存款；有了几十万的存款，便想着拥有几百万的存款……男人要拥有很多的钱，用很多的钱来办很多的事。

男人要地位。钱对男人来说，是一种欲望、工具，但并不是目的。男人光有钱不行，还要活得有地位。男人对权力地位的欲望比对钱的欲望一点也不差。在商界的男人，口袋里一旦有了钱，就要把自己包装一番，头衔叫得大大的，想方设法给自己弄个这个会员那个顾问或政协委员什么的，才感到活得有意义。在官场的男人，视地位为金钱，坚信“有权就有钱”的哲学，追求地位就等于追求金钱。地位越高，获得的金钱就越多。因而，他们把自己的人生设置到马拉松式的竞争与搏斗的比赛中，时而竞走，时而长跑，时而摔跤，时而你争我夺，时而刀光剑影。大多数男人拼搏、奋斗了半辈子、一辈子，直到心力交瘁了，老眼昏花了，体弱多病了，依然两手空空，活得郁郁寡欢，感到人生悲哀；拼搏到一“官”半“长”的，满足的人不多，快乐的人也不多。因为“官”上有“官”，总嫌自己官小，烦恼多多。

男人要面子。男人喜欢包装自己，喜欢把自己包装得光环闪耀，与众不同，这样才能出人头地，八面威风。男人比女人好虚荣，男人的虚荣是骨子里的。男人把争名当作事业去做，在不同场合、不同人中有意无意地去表露、炫耀自己的能力、才华和不凡，有意无意地抬高自己、吹嘘自己，有意无意地给自己弄些虚衔、虚名，并且还堂而皇之地印在名片上。男人把“名”看得如同女人看待自己容貌一样重要，能擦到脸上的粉，尽量把它擦到脸上。为了一点虚荣、面子，常常装腔作势地虚伪地对待别人、对待生活。因而如今外表不凡、出口不凡的男人不少。

男人要感情。男人最怕孤独，最怕寂寞。没有朋友、没有女人的夜晚，男人是痛苦的。男人需要交四方朋友，也在不断结交四方朋友。男人喜欢女人爱他，爱他的女人越多越好，而且希望爱他的女人只爱他一个。男人追求一个女人时是执着的、炽热的，恨不得自己是一块煤炭，燃烧得越热越好，希望以最快的速度把女人的感情熔化。而真正把女人熔化了，得到了，男人的“烈火”也就渐渐消退了。女人知道什么样的男人最好，男人不知道什么样的女人最好；女人视她不爱的男人是丑陋的，男人视“顺眼”的女人是新鲜的；女人的情感容易得到满足，男人的情感难以满足。

所以，女人的眼泪是为男人准备的。

所以，女人痛苦和困惑：男人究竟要什么？

男人要的东西很多。男人不仅要金钱、要地位、要名誉、要感情，还想要江山、要世界。总之世界有多大，男人的欲望就有多大。

男人究竟要什么？什么都想要。什么都想要，最终什么也要不到。

男人的荣耀是创造，不是拥有。上帝给男人以力量开垦这个世界，并不让你霸占这个世界，这世界上还有女人；上帝让男人创造这个世界，并不让你拥有这个世界，这世界上还有别人。

14. 重复的询问

朋友说，人活着究竟有什么意义？在生活顺利、心情快乐的时候，感到活着有意义，在生活苦恼、岁月艰难的时候，感到生活没有意义。生活，为什么总是让人快乐的事情很少、快乐的时候很短，烦恼的事情、痛苦的时候很多？他说他如今活到了四十多岁，更多的时候感到人生没有意义。

人活着有没有意义，其实这是每个活着的人不断思考、不断重复询问的问题。无论是故去的人，还是活着的人，都会在不断重复追问这个话题中走完人生，在不断重复的追问中终结生命，而且这个话题也是后来者将永远追问下去的一个问题。

朋友在向我追问这个话题的时候，其实我自己也为这个沉重的问题而困惑。但我对朋友说，人活着有意义。我滔滔不绝地陈述人活着的种种美好。我明白，我的陈述和诠注，是书上搬来的陈旧而苍白的语言，总是离不开名利、儿女情长这些落于俗套的话语。老实说，就是在我自己情绪沮丧的时候，无论是别人和自己，这些诠注根本说服不了我。面对这严肃而沉重的话题，其实自己和朋友是一样的，之所以我能够寻找到对活着的慰藉，对世事和人生悲哀的宽容，相当程度是得到了许多朋友的关爱。

至于“人活着有什么意义”的追问，也在内心深处依然存在着。每个人面对各自的生活和人生，都是一道自己难以破解的题，无论是穷人和富人，无论是权贵和贫民，无一例外。在这个世间，有谁活在没有忧愁、没有困苦的“极乐世界”里呢？除了去了天堂里的人，我想没有一个人是这样的。但又让我们每每看到，我们身边的人，那是极少的人，他们活得那样快乐、那样自在、那样幸福，他们就没有烦恼和痛苦吗，他们就没有灾难和失望吗？打开他们人生的那扇门窗，你一定会发现，他们不比我们受到的遭遇少。只是他们把不幸和重复的追问，变成了化解烦恼、消除痛苦的动力而已。

这正如哲人说的，我们不可能知道绝对的幸福和绝对的痛苦是什么样子的，它在人生中全部混杂在一起了；人人都有幸福和痛苦，只不过程度不同而已。谁遭受的痛苦最少，谁就是最幸福的人；谁感受的快乐最少，谁就是最可怜的人。这些快乐的人、幸福的人，是善于减少烦恼和痛苦的人。

人活着有什么意义？不必太多地去讲“理想”、“主义”，只要能多多思索“身边的”、“后面的”许多事，就能“品”出“活着”的真正意义。“品”出的内容，实质就是某些“责任”。我曾询问不同的人：“人活着有何意义？”他们说，我们有活着的太多义务。我有父母，有孩子，有亲人，有朋友，他们需要我，也不能没有我；我想与我深爱的人厮守一生，共享爱情的快乐；人生尽管很迷惘，相信幸福的时刻总会到来，只有活着才有机会等待到那一刻的到来；我们只有活着的一次权利，无论痛苦多少，也要尽量使自己活得好一些……。是的，每个人活着，无不感到有活着的许多责任在等待我们。

有人说，一个人的自杀，至少会给六个家庭的亲人带来痛苦，这是一个不轻的责任啊。我们活着不能给这么多人带来财富、带来更多的快乐，但不应该给这么多依靠你、热爱你的人带来痛苦，这是一个人活着要承担的责任，更是生命赋予我们对他人爱的诺言。我每当听到一些自杀者的亲人哭喊出“你好狠心，把我们扔下不管!”“你走了，你倒‘轻松’了，我们怎么办啊?!”那般充满悲痛、充满惋惜，更是充满谴责的呐喊，我便默默责备那些轻生的人，“太不负责任了!”“太狠心了!”。这是对死去的人的控诉。因而我们活着的人，尽管常常会有轻生的闪念，认为自己生命既不珍贵，也没有意义，甚至会有一心想去死的决心，其实你是“死不起”的，那会遭到亲人的责骂和痛恨的。

人活着有什么意义？其实没有必要不断地重复这样的询问。

活着的本身，就体现着存在的意义。对于“活着”，我们应该向大自然的万物学习，学习它们既是顽强的，又是自然的，既是高贵的，又是平常的那种对待生命的积极状态。何必以物质、财富、名誉、权力、爱情是否拥有，何必以得到和失去多少来断定自己“活着有意义”和“活着无意义”呢？

15. 如果知道“谜底”

每个人都在面对人生的许多谜底，每个人都怀着希望，朝着谜底的目标向前走着，不管这个谜底是光明的还是黑暗的，是成功的还是失败的，因为我们之所以往前走，总是相信前面的谜底是美好的。如果我们知道谜底，如果知道谜底是事与愿违的、失望的、徒劳的、痛苦的，那会怎么安排生活、安排事情、安排行为呢？会以什么样的态度对待社会、对待他人、对待自己呢？

死亡，是人生最大的谜底。但这是明了的谜底，也是个抽象的谜底。明了，是因为我们都知道总有一天要死亡，抽象是因为我们不知道什么时候死亡。因而我们对生活、对时间、对事物常常显得很草率、很马虎、很茫然。因为我们活在美好中、希望中，活在自认为支取不完的时间中。但有人知道他们死亡的谜底。那就是不幸的绝症患者，还有那些掉入罪恶深渊的临刑死囚。他们虽然面对的是圣洁的死亡和肮脏的死亡两种不同意义的归宿，但疾病和罪恶让他们过早地打消了生存的幻想，知道了死亡的谜底，这都是不幸的。因为知道了谜底，知道死亡的期限，他们往往一反过去的生活态度，对时间、生活、友谊、爱情珍爱起来。

昔日那些贪得无厌的欲望，忽然消失了，变得清心寡欲起来；昔日对人对事耿耿于怀的心境，忽然豁亮了，变得宽厚起来；昔日看不透的事理，忽然看清了，变得明白起来；昔日斤斤计较的东西，忽然不再纠缠计较，变得高尚起来；昔日不在意、不重要的东西，忽然在意、渴望得到，变得情意绵绵起来。正因为知道了谜底，他们才把人生看得美好起来，对生活珍爱起来，对世事大彻大悟起来。

也许这种获得人生谜底的方式是痛苦的，但它使人清醒起来，珍惜起来，真诚起来，善良起来，宽容起来。这时，做事的欲望比任何时候都强，个人的私欲会放到底点，都想再做点什么，再说点什么，再留下点什么，但是没时间了，没机会了。因而，往往就有“人之将死，其言也善”的结论，往往就有了催人泪下、满篇哲理、教人行善的“悔过书”。但晚了。

不幸的绝症患者和死囚的人生谜底，只是死亡的特殊类型。我们每个人都要面对死亡的谜底，但我们面对的谜底，绝不仅仅是死亡。在人生的过程中，还有人们不愿接受的“谜底”，那就是疾病、痛苦、失意、挫折、失败。因为我们不知道、不相信这些“谜底”会出现在自己身上，因而我们就不会在意它的存在。

但是，如果我们知道死亡期限和失败的结果，如果知道所有的“谜底”，我们将对人生作出何种的设计？我们的路会怎样走？许多的事情，还会奋斗、努力、企盼吗？许多奋斗、努力、企盼还有意义吗？不同的人有不同的选择和答案。有人会加倍珍惜一切，满腔热情地做好人、做好事情，作出更加显著的成果；有人会失望、消沉、沦落、放弃、自毁。

如果知道“谜底”，更应该设计精彩的人生。有人说，我们每天活着，每天都在面对死亡的来临；我们每天奋斗努力，我们每天都在面临和接受失败。活着一天，就要充满快乐地、满怀希望地干好每一件事情；尽管失败与失意比成功、得意多，但我愿意面对九份失败，而企盼一份成功。如此人生态度，“谜底”还会重要吗？

是的，“谜底”不重要，人生的过程比“谜底”重要，努力比失败重要。人生应该以积极的意义，设计今天、明天和后天的事情，以积极的意义，面对死亡、挫折和失败。

16. 今生你想做什么

直到人近中年的时候，我才明白，少年时那所谓的理想，实际就是个偏爱，而这个偏爱，很难成为你谋生的一个饭碗，要坚守发展自己的偏爱，必须在某个不喜欢的职业下，去谋划和跋涉了。

那时，十七八岁的时候，我是个文学青年，写诗，有时一天写一首。说写作有稿费，感到写诗这么美好的事，竟然还给稿费，简直是天下最幸福的事情了。

我把一篇篇诗稿投给报纸杂志，每天跑十里地，到县文化馆翻新来的报纸杂志，寻找自己的大作，每天盼望邮递员送稿费单，但让我大失所望，写了一年多诗歌，没在报刊上找到我的一句诗，更没有收到一分钱的稿费单。这让我明白了，写诗赚不到钱，甚至连梦想用稿费换掉自己开洞的裤子的一个许久愿望，也破灭了。于是就写广播稿，结果县广播站不仅播用了，而且写一篇用一篇，还给几毛钱一篇的稿费。这让人有了文字变成钱的成就感和兴奋感。从此，这个世界上，多了个写文章的，少了个诗人，也许少了一个优秀诗人的苗子。

梦想着到军营里成为个作家，抄写了几年的作品，好不容易发表了几篇，却不能作为骨干重用。要成为部队的骨干，得写新闻，只有写新闻，才能得到领导赏识和重用，才能有美好前途，对于一个农村孩子来说，吃饭压倒梦想。于是就写吧，挖空心思找线索写报道，报纸上每周都有了报道稿，稿费单也雪片似地往桌子上飞，表扬和各种嘉奖也不请自来，很快被选到了报道组，搞起了专职新闻。但每当写新闻稿时，也在着急小说散文的事情，但自己明白，写小说散文，不是领导需要的东西，部队和领导需要的是新闻报道。在这样的需要下，写小说散文，如若一时出不了大成果，前途是十分渺茫的。在前途面前，文学梦是苍白的。

放下写新闻吧，可一放就是一年，一放就是十年，十多年，二十多年。二十多年都在写文章，虽属文人，但写的都是自己不想写的，干的是自己不想干的事情。而写新闻，虽让我失去了许多休息时间，娱乐时间，让我大多时候很辛苦，但它让我有了前途，有了稳定的生活。这前途，当然是记者站站长、处长、主任等级别、职务，这是一个人立身社会的台阶，这是大实惠。职务是本职，新闻是本职，职务和本职上，是有很大压力的，每天不写新闻，那简直是失职。在这样的职业的罗盘上，即使文学的梦再深，也不可能放弃这些职务，去圆文学梦。只能在新闻职业下做文学梦了，终于在写新闻十五年后的一天，拿起了文学的笔，一边写新闻，一边写散文了。只能在新闻的依托下，挤点时间，圆这个梦了。近十年来的生活是，一个月要写三万多字，一半新闻交公，一半文学留己，这样感觉很好，但这样很是辛苦。

早想放弃这个职业，去专心做文学的梦了，但文学在社会又是如此清冷，尤其是散文，很是清冷。看书的人越来越少，写了给谁看，写了能赚多少钱，靠写作能养活自己和全家吗？

显然很难。只能接着做新闻吧，在它的依托下，做文学梦。虽然不大喜欢再做下去，但做它有可观的收入。文学是梦，是理想，是自己想献身的事情，但金钱是生活的依靠，没有金钱的生活，缺少了金钱的生活，单做文学的梦，是很尴尬的。文学不能当饭吃，当饭吃的是那些大家。在饭碗面前，只能一次又一次妥协。也好，何必为了这个梦，把自己搞得很尴尬呢。

写了三本书，这第四本书也还在写着，是十年来工作之余写的，几乎把休息日都搭进去了。前三本书，近六十万字，挣到了多少钱？挣到的稿费，养活不了我自己。因而，还得跟职业妥协，还得全力做好职业的事，才能安排写作的事。怀揣了四十年的梦，在做，但只能在业余。这样业余写下去，还得坚持十年，十年后才能退休。我会在业余的写作路上坚持的。

这十年的业余文学创作路，仍然是艰难的。工作要干好，文学要爬坡，看来是很累的，但只能这样安排。放弃工作，纯做文学的梦，能写出精品作品来吗？没有把握。常常想，什么事情，任何爱好，任何领域，如果没有飞越，只是长久地在重复自己，没有必要让自己每天做这件事，哪怕是自以为高雅的文学。文学是人学，心学，技巧的修炼，毕竟不是主要的，主要的是内心的磨炼。这样看来，当一个作家，当一个当今的作家，业余写作，也许是最好的状态和选择呢。

女儿是学中文的，在网上写了二百多万字的作品，找不到一份称心如意的工作。我给她安排了一个国有单位机关的文秘工作，稳定又体面，但她不喜欢，坚决不去。理由是，她的梦想是做一个美术家，而不是当公务员，做一个写材料的秘书，在她看来是走弯路，浪费时间。好在她的梦想是要当一个美术家，在寒冷的秋天，直到整个冬天，她放弃以文字就业的多次机会，一头扎进了个培训班，学平面设计，四个月出来，她被一家设计公司录用，且很快就成了骨干。从中文转型到平面设计，她跨了个三百六十度的转弯，她让她的爱好和职业，走向一致。她说她很快乐。我佩服她的勇气，她从作家的定格里，从文学的思维中，跳了出来，跳入了自己梦想的另一个领域。

女儿还很年轻，文学也许是她将来的归宿，但也许只是她的业余心爱，而无论如何，她把心爱的梦想，做成了饭碗，这是我羡慕的。她从这个年龄做喜欢做的事，如果长久喜欢下去，设计这条路，她一定会走得很远，也一定比吃文字饭要快乐许多。可惜我就没有这个勇气，放弃谋生的饭碗，去做自己喜欢做的事情，使得自己在主业之下，寻求自己的梦想。这也许是一个人，走不到成功彼岸的缘故吧。

多少人没有成功，不是他们愚笨，不是他们没有梦想，而是为了饭碗，走了梦想与职业不相干的道。梦想与职业不相干的道，是一条充满苦恼的道。我一直羡慕那些梦想、喜欢与饭碗、职业相一致的人，他们干的是梦想的事，自己喜欢的事，他们是快乐的，也是幸福的。

每个人都会有偏爱，今生你想做什么，问你的孩子，问你自己，如果能选择，还是尽可能去做自己偏爱的事情吧，也许这就是一个人快乐的源泉。

四、无法送到的花朵

1. 问恩

“忘恩”后面，紧跟着一个词，是“负义”，这两个词不是被生拼到一起的，忘恩和负义，不仅会成为兄弟，而且前者变换到后者仅一步之遥。我们会常常在帮助他人时问己也问人，他会不会是个忘恩的人？你会不会是个忘恩负义的人？我们的怀疑，往往被自己善良的好心所否定，也被对方的甜言蜜语所稀释。而常常是，忘恩的人很多，负义的人也不少。这让人不得不相信，人是容易忘恩的，人是容易记仇的，人是容易负义的。

人善良的本性决定，我们每个人都会有副助人为乐的慈善心肠，对于别人的求助，帮忙，如若力所能及，定会伸出热情之手。我们乐意帮助别人，乐意成人之美，乐意当人梯，相信每个善良的人，都帮助过别人，当过很多次人梯，甚至成全过别人的大美事，大成功，大荣耀。哪个人的成长、成功、辉煌的道路上，没有过亲人、他人的帮助呢？哪个人会说自己的成长、成功、宝贵、辉煌，没有过亲人、他人的帮助呢？有点年龄的人，都帮助过别人，都接受过别人帮助。我们每个人，是在别人的帮助、关爱、扶持、提携下长大的，成人的，成功的。我们走过的一路上，有过许多拉过我们手的亲人、好人、恩人，而且有恩重如山的人。

我们接受过很多人的帮助，我们也帮助过很多的人，我们感恩别人吗，别人感恩过我们吗？不论是从内心的，口头的，物质的，短期的，长久的，都感恩过或一直在感恩亲人、朋友、好人，也接受过或一直在接受亲人、朋友、他人的感恩与感激。但你发现，你帮助过的人已经很多，给过别人很多爱心，也成全过很多的人美事，你往往清清楚楚记得帮助、扶持、宽容、提携过某某人，而随着时间的推移，感恩你、感激你的人，会越来越少，有很多人甚至跟你的关系越来越淡，几乎忘却了你曾经帮助过他、给予过他，更有许多人对你的给予、帮助，转身就忘了。

很容易忘记别人的帮助，不愿意记住别人的恩情，不情愿感恩别人，也许是记性太差，也许是缺乏知恩的情感，也许是不愿让自己内心负债太累，这都是可以理解的。智者说，忘却对别人的恩典。还有，大恩不言谢。忘却对别人的帮助，不图回报，这是种宽厚。如若别人忘记了你给他的帮助、恩情，而没有因为你的帮助而埋怨你，跟你反目成仇，应该庆幸。他们只是忘恩而已，没有负义，应该庆幸。

我们有些生活经历的人，帮助过许多人的人，而想起有些帮助过的人，却是眼前和心头的一杯苦酒，甚至是一种憎恨。不是吗，你把一个普通人，贫困人，有才人，倒霉人，背运人，将要掉入井底的人，帮了一把，当了他们的梯子，他们跳出苦海，脱离了平庸，摆脱了厄运，走向了成功、辉煌，变得富有、荣贵，成了你的朋友，成了你的伙伴，成了你的同事。他说，今天的一切，都是你给的；忘不了你的大恩大德，你就是我的亲兄弟，再生父母，云云。相信，这些感激涕零的话，都是真心话。因而你很欣慰，很自豪，很得意。如果你仅仅是对于助人感到欣慰、自豪也倒没有什么，倘使得意而滋生自大，就很麻烦了。多少人犯了这样的错误，将恩盖人，将恩压人，到头来，对对方有恩的人，有情的人，变成了有恨的人。

尽管我们没有对别人自大，也没有将恩盖人，将恩压人，倘若我们碰撞到别人的利益，损害了别人的利益，没有继续给予别人关照，那对你有恩的人，也会抛弃过去的恩情，怨恨你，仇恨你的。想想看，很多人，把自己的亲姐亲妹亲兄弟，把自己的好哥们儿、好姐们儿，介绍撮合成了亲戚，本应朋友加亲戚，是亲上加亲的，但几年过去，恩情被别人抛到了脑后，变成了陌生人，关系闹翻闹臭了；有许多人把要好的朋友，调到了身边，成为同事、部下，这种恩大于山的事，本应该感激别人一辈子还来不及呢，可时间一长，遇到一些事，不仅抛掉了恩情，反而成了对头、仇人。这让人明白一个道理，朋友就是朋友，有些朋友是不能做亲戚的；朋友就是朋友，有些朋友是不能做同事、部下的。因为，人是容易忘恩的，人是容易记仇的。人对人若是九个好，倘有一个坏，那九个好也许就被一个坏勾销了。有些人也许因为你对他的一个不好，他也会忘恩负义，成为你仇人的。这样的人，有几个人没遇到过呢？

而帮助别人，成全别人好事，让别人快乐，又是我们愿意做的，愿意看到的。这个世界，还是企望每个人都能伸出手来，去帮助好人，成全好人。帮助别人，本身也使自己获得快乐。因而，对于忘恩，对于负义，不必失望，不必埋怨。虽然有些人忘恩了，有些人负义了，甚至成了怨者、恨者，但我们应该相信，无论是忘恩，是负义，是反目，别人的心里永远也会存着对你那份帮助之情的。这就够了。如若我们过多地记着对别人的帮助，对别人的施恩，并要求别人永远对你回报，这是一种对恩的扭曲。只有忘却帮助过别人，少接受或不接受别人的感谢和感恩，会免了很多烦恼和怨恨。这应当把它当作一种修炼，让自己进入一个爱人、帮人无私欲的境地，也许会少了很多烦恼、怨恨。

他是一个感恩的人吗，你是一个感恩的人吧？这许多询问，你在帮助别人的时候，不会找到答案，被你帮助的人的回答，也不足信以为真。当然至少你可以不去帮助别人，不去帮助那些品行不端的，内心龌龊的，投机钻营的，阳奉阴违的，口蜜腹剑的，见利忘义的，过河拆桥的人。帮了这样的人，即使遭到“农夫与蛇”的下场，那只能怨恨自己，千万别怨恨别人。

你是不是个忘恩的人，是不是个心怀感恩的人？我们应当经常这样询问自己。尽管忘恩负义的人很多，但无论如何，我们还是应该怀有一颗感恩的心，深深感恩别人的给予和帮助。这感恩，不一定是金钱，不一定是礼品，不一定是回报，也许有一声平常的问候，就足够了。

2. 像花儿那样回报太阳

人是知道感恩的动物，因为感恩，我们会有那么多灿烂的笑脸，感人肺腑的谢语，喜悦激动的泪水，亲如兄弟的朋友；因为感恩，我们拥有了更多的朋友，消除了更多的孤独，得到了更多的帮助。感恩，是一个人保持善良内心的朴素情怀。人是知道感恩的动物，但不是所有的人都知道和愿意感恩的，也不是所有人都有感恩情怀的。我们得到了那么多恩泽，但我们对许多恩泽是那么地麻木、淡然、易忘，甚至麻木、淡然、易忘得有些自私、寡情，自私、寡情得不近情理和令人寒心。我们太需要培养一种感恩的情怀了。培养感恩的情怀，意味着什么呢？意味着获得幸福的广阔内涵。

我们在生活中会常常听到这样的谩骂：忘恩负义、恩将仇报、过河拆桥、没有良心、狼心狗肺，等等。被谩骂的人，不仅仅是朋友，更多的还有亲人。被人以这些尖刻的词语谩骂、诋毁，总不是令人愉快的事情。那么如若谁人的背后常有这样的谩骂，那一定是这个人的道德和人品出了偏差。但恰恰是，我们又常常听到这样的谩骂，那说明我们生活中，缺乏和丢失了感恩情怀的人不少，也说明人是容易忘恩的动物。

把感恩扯到“幸福”这样一个概念上，是因为感恩是一个人赖以生存的阳光和泥土。一个人从十月怀胎呱呱落地到长大成人，甚至成龙成凤，我们每时每刻都能够离开来自自然的、社会的、他人的恩泽哺养吗，比如生就俱来的阳光、空气、大地、万物、国家，比如无法改变的父母、亲人，比如给我们关爱和帮助的爱人、朋友、同事、他人，没有这些方方面面的恩泽，我们很难活下去，也很难活得顺利和快乐。人一生有多少需要别人关爱和帮助的关键时候啊，如果离开任何一个来自不同方面的关键时候的恩泽，生存、成功、幸福等谈不上，甚至连生命也不会存在。

对每个人来说，一生中收受的最大的恩泽，莫过于父母的生养、抚育之恩，也莫过于危难时的相救、相助之恩，莫过于成才之路上的再造、栽培之恩，莫过于成败之时的提携、助力之恩了，等等。这些恩泽，它让一个人获得了生命，改变了命运，拥有了幸福。这些对我们人生与命运至关重要的恩泽，我们是否感受到了它沉甸甸的分量，是否十分地感恩给予我们这些恩泽的人们？有些人好像很难掂出它真正的分量，也很难记住给予他恩泽的人们。

为什么我们的亲人、朋友、同事会有怨恨的眼泪？为什么我们的身后有别人在谩骂、指责、埋怨我们？为什么我们翻遍了自己的电话号码本，竟然找不到一个倾诉苦恼的朋友？为什么我们在孤独的时候没有人陪你行走？为什么我们在需要帮助的时候没有人伸出援助之手？因为我们没有感恩的情怀，我们远离了亲人、朋友、他人。这个时候，我们总是埋怨亲人不亲，朋友不义，他人冷漠，但我们看看自己吧，我们对待别人的心是真的吗，心是热的吗？我们对别人的恩泽是感激的吗？我们总是把亲人的恩泽视为理所当然的事情，视为不值一提的事情，对他们恩泽的感受是那么地淡然，淡然得近乎无情。我们总是很容易忘记别人给予的恩泽。我们收受别人的恩泽很多，但我们愿意乐此不疲地收受恩泽却不大愿意记住给我们恩泽的人，有时尽管不会忘却给予我们恩泽的人们，在感恩面前又那么地吝啬。我们总是太自私。我们接受别人的恩泽，不仅认为是应该的，往往不大愿意回报别人什么。

缺乏感恩情怀的人，是无情的人，是寡义的人，是自私的人。我们生活中不能有太多这样的人。有太多这样的人，我们年迈的父母将会流干泪水，亲人间的心田将会成为荒原，人们将不愿为他人付出，人们相互帮助将更多的是金钱的交易，朋友间将是互利互惠的合作。如果没了情爱，我们眼里只剩自己了，我们需要帮助只有让钱来说话了，那我们更多的父母将是孤家寡人，我们也会是孤家寡人。如果没有了情爱，我们有那么多钱，住那么大房，乐趣何在？

培养感恩的情怀，是善良人性的回归。让我们记住更多的亲情、人情、友情，不忘记别人的关爱、帮助、支持，不忘记那些微不足道的“滴水之恩”，让我们时常心怀一颗对世界、对别人感恩的心，心怀一颗对别人施恩的心，让感恩成为点燃我们幸福火焰的种子，感恩别人，给予别人。感恩别人，给予别人，不一定是一捆钞票，不一定是一件实惠的东西，不一定要付出多大的辛劳。金钱的感恩，物质的感恩，没有纯情和高尚作底，那是庸俗的感恩。感恩，也许是一次生病时的探望，一个生日和节日的贺卡，一个问候的电话、一次小小的帮助，一个小小的礼物，等等。纯情和高尚的感恩，往往是情与心的感恩。我们需要纯情和高尚的感恩。感恩大地万物给了我们家园，感恩父母给了我们生命，感恩亲人无私的恩爱，感恩朋友给了慷慨的帮助，感恩生活给了我幸福……感恩，将会使我们成为爱的宠儿；感恩，将会使我们成为爱的使者。人的一生，应当是充满感恩的一生。一个善于感恩的人，是个可爱的人，是个幸福的人。

3. 做人简单到两个字

人一辈子读多少书，做多大学问，或不读书，不做学问，可由自己选择，但唯一不能选择的是，都得做人。尽管做人的方法与学问高如山、深似海，就单纯做人而言，有多难？年轻人说，做人很难，是门大学问；而老人却说，做人其实很简单，简单到不需要学问。而难在哪？难在把做人的简单道理搞复杂了；简单在哪？简单得只是做到“真诚”二字就行。

真诚是什么？是真实诚恳，没有一点虚假。没有虚假，是做人的标准，也是做人的极致。还有什么比没有虚假更实在的事情？还有什么比没有虚假更简单的事情？还有什么比没有虚假让人放心的事情？真实，是一切事物的本质，也是最高境界。没有任何一种方式能够替代真实，真实是初始的，也是最终的；是最低的，也是最高的；是最基本的，也是最纯美的。

我们年轻的时候，总以为世道复杂，往往把做人的真诚藏起来，面对别人，面对世事，表里不一，言不由衷，好像这样才是做人的聪明和技巧，结果处处是伪面孔；我们到一定年龄后，直至老年后，就会发现，伪面孔让我们到处碰壁，伪面孔让我们苦不堪言，只有返璞归真，真诚地做人，才是坦然、阳光、友善的活法啊。做人，做到没有虚假，本来是每个人天生具有的东西，不需要在书本里去找，不需要当成大学问去做，可惜，我们却缠在自己设置的这复杂的学问中，写了那么多如何真诚的书，做了浩如烟海的课题研究，归纳了眼花缭乱的技巧和方法，这些更多的学问和方法技巧，除了有一点教人如何做到聪明的真诚外，更多的是教人一种狡猾的真诚，取巧的真诚，伪装的真诚。我们为此学了做人的很多学问和方法技巧，我们用这些学问和方法技巧为人处世，发现越来越搞不清真诚的学问究竟有多深，发现真诚的判断越来越复杂，发现真诚离我们越来越远，发现越来越看不清目标；直到我们被这复杂了的真诚折磨得精疲力竭、焦头烂额时，才渐渐明白，做人其实很简单，哪有什么更多的学问，也没有更多的方法技巧，只是做到真诚就行。

做到真诚，有多简单？就是做一个真实的人。它体现在真实的笑，真实的话，真实的容，真实的心，真实的事。这个真实是天然的，它简单到酷似童年说话的率真，童年的内心的纯正，童年做事的真切。当然它虽似童年的无忌，但不是童年的幼稚。它是一种成熟的简单，是一种明白的简单。

真诚的内涵是简单的。我们怀念和留恋童年的生活，难以忘却童年的伙伴，感到童年的自己很可爱，是因为我们是天真、单纯、简单、无邪的。长大后我们很难做到天真、单纯、简单和无邪，是因为我们把做人搞复杂了，把生活想复杂了，把别人看复杂了。如果每个人都保持一份做人的天真、单纯、简单、无邪，那么我们做人一切就简单多了，就不可能有那么多教人真诚的书了。

我们为什么有那么多苦恼，为什么被欺骗搞得伤脑筋，为什么没有朋友，为什么活得那么心累？因为我们面对的虚伪太多，我们自己本身也有那么多的虚伪。我们时常难免活在别人的诺言里，骗局中，而我们也同样用谎言和欺骗对待别人；我们在识防别人的谎言和陷阱，别人也在识防来自你的谎言和陷阱。互相都伪装，互相都猜疑，互相都防范，仅为伪装、猜疑、防范要付出多大的精神代价啊。这就是我们如今做真诚的人越来越迷惑，做真诚的人越来越难的缘由吧。

我们不可能回到童年的简单，也不可能马上走到老年时的返璞与归真，我们不可忽视生活的复杂，虽然真诚，永远是简单的，是不变的，但人心是千奇百怪的，多变的。我们可以做一个普通的真诚的人，没有多少知识学问也没关系，只要说真话，做真事，做真人就行；也可以做一个有品位的真诚的人，把真诚建立在知识学问之上，只要用知识和学问来说真话，做真事，做真人就行；也可以做一个有较高境界的真诚的人，寻求智慧的真诚，只要以真诚的智慧来说真话，做真事，做真人就行。做人，无论做什么样身份的人，无论做穷人和富人，无不简单到两个字："真诚"是本。真诚不是一门深奥的学问，真诚不需要作为学问来苦研。所有的知识学问，所有的大学问家和小学问家，学问和做事的基础，无不简单到两个字："真诚"。

真诚的人，是做人简单的人；真诚的人，是宽阔的人；真诚的人，是可爱的人。真诚就在我们善良的心底，愿我们不要为真诚付出太多的人生成本。

4. 寻找朋友

法国人欧达米达斯有两个朋友：卡里塞努斯和阿雷特斯。欧达米达斯死前很穷，而他的两个朋友却很富有，他立下遗嘱：“我把赡养我母亲和给她养老送终的责任遗赠给阿雷斯特，把我女儿的婚事遗赠给卡里塞努斯，让他尽其所能给我女儿置办一份丰厚的嫁妆。他们中若有一方去世，活着的一方接替他尽职。”最先看到遗嘱的人对此不以为然，感到这是不可思议的事，可是他的继承人——朋友得知后，却欣然接受了。其中一位朋友卡里塞努斯，五天后相继去世，他的这份责任就由阿雷特斯接替。他悉心赡养朋友的老母，并把他的财产，分出一半给自己独养女儿作嫁妆，另一半给欧达米达斯的女儿作陪奁。他在同一天为她们举行了婚礼。

——这是法国作家蒙田讲给我们的一个故事。蒙田说，欧达米达斯让他的朋友为他效劳，反把一种负担和责任作为恩惠和厚意赠予朋友，没尝过这种友谊滋味的人是很难想象的。

是的，把一个穷朋友的责任当作是对自己的恩惠和厚意去接受，这必是友谊升华到了美好境界才能做到的，否则作为富人的阿雷特斯，谁还想得起那个穷朋友欧达米达斯，就是能想得起他，而面对这样一个不能给自己带来任何利益的穷朋友，也会找出种种借口，把这养老嫁女的麻烦事一推了之。

如果是这样的结果，那就正应了中国人那句“富在深山有远亲，贫在闹市无人问”的世事名言。而欧翁是幸运的，他交到了真朋友，而欧翁的朋友也是幸福的，他得到了真诚友谊的馈赠。我为这高贵的友谊而感动。

这让我羡慕起这位欧达米达斯先生来了。我想，这要是在我们中国，这要是在我们这个城市，在我们那个家乡，在我的亲朋之中，如果我是个穷人，如果我一无所有不能给别人回报，我能否把这些累人的责任当作恩惠赠给我的亲朋去履行？我的朋友会欣然接受吗？我想，我的朋友中，绝不乏让我能够依靠、相托的高尚之人，只是没有这样的机会验证如此可贵的友情而已。但我坚信我的朋友也是同样具有这样高尚的品质。

但请原谅，这个故事我得以中国式的思想方式思考，因而我对欧翁的思维就有所不解，允许我以一个狭隘的中国人的思维，向你和你的朋友问几个问题。

你欧翁是个穷人，一个潦倒的穷人，你竟然还能与富友至今保持如此至深的友谊，凭什么？你竟然能够毫无顾忌地把你养老嫁女的大事托付给富友，而且竟然把它当作恩惠和厚意赠送给朋友，你头脑是不是出了什么毛病？你这一厢情愿的决定，你就不怕遭到富友的拒绝？但你的富友非但没有拒绝而且愉快接受了。这让我感到意外。

我也纳闷你的富友，你有钱有势，跟欧翁这样穷朋友已经不在一个生活“档次”上了，你有那么多的富朋友还交往不过来呢，跟他这样穷朋友来往还有啥意思？难道你不明白，多个穷朋友就多一番麻烦事，欧翁这样的穷朋友你压根也用不着他，不仅不会给你带来什么好处，而且会给你平添累赘。这不，真地给你“送”来个大累赘，你非但没有“忘却”他，竟然还欣然接受了这既花钱又要受累的事儿，竟然就把这拖累真地当成馈赠和恩惠接受下来并履行责任，是不是犯傻了？

我这愚蠢的想法，是不是把朋友、友谊看扭曲了？也许吧。当然，这样高尚的朋友与纯洁的友谊，也不只是在法国，任何地方都会存在着，只是这种朋友把自己的拖累当用馈赠、恩惠，而朋友把这拖累真正当作馈赠和恩惠来接受，把“朋友”的内涵升华到这样的境界，这是不多见的。

我们是需要培养这样一种结交朋友、对朋友内涵有着深刻理解的高贵情怀的。

缺乏这种结交朋友的高尚和文明，是因为对“朋友”“友谊”认识的浅薄。什么是朋友，什么是友谊？朋友是彼此有交情的人。友谊是朋友间有交情。这是词典的解释，有些简单和抽象。既然朋友是那些在交往中建立情谊的人，那么朋友间交情应该究竟从何而来，靠什么来产生交情，彼此的交情是在追求什么样友谊，建立在什么样基础上，交这个朋友的目的是什么等等，这不是一种势利的眼光，而是一种理性的思索。每个人交朋友，大多是偶然的，但绝不是没有自己“想法”的。

交朋友当然需要情投意合，没有性格的相投，志趣的相近，相互的欣赏，真诚的交流，无私的付出，很难建立友谊，也很难成为真正的朋友。结交朋友是容易的，但结交成为真正的朋友，久远的朋友，没有这些高贵、纯洁、肥沃的土壤为基础、养份，那就是水中浮萍。人与人成为一个真正的朋友，是需要有深刻内容做感情基础的。

“朋友”的概念是崇高的，“朋友”彼此的“门槛”应当是很高的，它需要“踩”过彼此的感情和心灵的门槛，才能成为真正的朋友。如若询问自己，我有多少好朋友？翻开密密麻麻的电话号码本，看来不少，而把所交的朋友一个个理智地“梳理”一遍，发现大都是“认识”、有所来往和浅显交往的人，能够同自己情投意合的，能够互诉衷肠的，危难时奋不顾身的，几乎凤毛麟角。这是为什么呢？没有找到真朋友。

看看一场聚会和宴请吧，起初大家互不认识，从个头、脸面、穿戴分不出什么三六九等、高低贵贱来，但名片一掏，“身份”一亮，就有了主次，而且这个主次不是以年龄为界限的，而是以权势、金钱、地位为尺度的。于是，你权小位低，你钱少贫穷，你自然就想结交比你有权有钱的人，因此你献媚敬酒巴结他，你小恩小惠拉拢他，你们成了“朋友”。接下来，你挖空心思琢磨如何从“朋友”那里拿来更多的财富，你的“朋友”不无盘算怎么在你这儿得到更多好处。你和你朋友虽然称兄道弟，但各自心里都“门清”，你们是互通有无，相互利用，内心各有一堵利益之墙，见利可以忘义，为利能反目为仇。如今，把朋友建立在利益之上，是现在社会的时髦，就是你人品一流，才能一流，如若你没有利用价值，许多人是没那个“闲心”跟你“磨”时间交朋友的。因而，结交朋友的扭曲，你注定结交不到真诚实意的朋友。

究竟应该交什么样的朋友？在社会发展多元化的今天，广泛结交朋友，结交多行业、多层面的朋友，无疑对人生和事业具有重要帮助作用。问题是，不在于我们交了多少朋友，朋友越多越好；也不在于我们在交朋友时怀有某种目的，只要这种目的是健康的、高尚的，大可不必隐讳。关键是有没有一颗真诚的心，真诚是友谊的基础，真诚是友谊的营养，真诚是友谊的生命，没有真诚，就没有真诚的朋友。

当然，朋友不只是精神的依靠，它包括着金钱、物质方面的相互帮助。有苦恼，送上关心；有困难，伸出双手……

这些真情的交流，是心与心的交流，是情与情的融会。它不是利益的，是纯洁的；它不是世俗的，它是高贵的。人这一生，如若彼此拥有这样的朋友，是幸运的，也是幸福的。

真正的朋友在哪里？其实在每个人心里。为什么交不到真诚的朋友，因为我们总是有“攀高”的眼睛在作怪。不错，圣人说过，不要结交不如自己的朋友。但圣人没有说不让我们交权势、金钱、才学不如我们，但品德比我们好的人。因而许多人误以为不要结交地位、金钱、声望不如自己的人，以这样“攀高”的心理交朋友，走入了交友的极端。其实，交品德高尚、内心高贵的朋友，比结交品德低下的权贵、富翁而更显得纯洁和高尚。朋友在哪里？朋友在我们心里，只要我们以高尚的心态，以平和的眼睛去找朋友，不管他是什么阶层，什么职业，什么身份，总会结交到许许多多真心实意的朋友的。

5. 花儿在向我笑

我从没有注意过，在我每天所走过的院边，居然有一丛花儿，长得格外茂盛。这是什么花？它花蕾繁密，含苞的，口吐血红，盛开的，红里透粉。我不知道它是一种什么花，也不知道是不是有人栽种在这里的，如此艳丽娇贵的花儿，我好像从来没有见过。我便停住脚步，细瞧这些花儿，花儿在向我笑呢。我禁不住也对花儿笑了起来。

发现花儿向我笑，这是让我久违了的喜悦。记得小的时候，我有过这样的喜悦。那时有的是时间玩赏各种各样的花儿，那时家里房前屋后有的是花。看花看腻了，我和妹妹们搞采花比赛，看谁采的花品种多，看谁采的花"笑"得最美最甜，结果每次都是妹妹获胜。因为妹妹选花，很耐心。她选一朵花，要静静地观看好久，看哪朵花开的最自然，最雅致，最喜性，她才选哪朵。我们嫌她磨蹭，她不服。她说，要知道一朵花是不是很美、在笑，得悉心去看，花的笑是蕴含在每片花瓣中的。不是每一朵花都在笑，有的是在沉默，有的是在生气，有的是在痛苦……。妹妹的花"论"好深奥呀，让我们顿时敬重起每朵花来。不管她说的对也好，在唬我们也好，的确，她选的花，是跟我们不一样。后来，我选花就不再毛糙，静心观察，发现了花的真正奥秘——我看到了花的笑，这使得我相信了妹妹的话，花会笑。从此我记住了妹妹的那句话，要知道一朵花是不是在笑，得悉心去看。

离开家乡，好久没有悉心看一朵花了，眼里好久没有“看”到花的美了，虽然都市的花很多，南北荟萃，它开在马路边，开在花坛中，开在阳台上，开在公园里。尽管它开在我身边，时而闯入我眼帘，但我往往是眼匆匆，步匆匆，哪有多余的时间，闲暇的心情赏它呢。偶尔在花前拍张照，也只是把它当作布景道具，凑凑执闹，装腔作势，为影集增加些新照片而已。至于赏花，也会有这样的雅兴，那只是走马观花罢了，很难静下心去品，去赏。都市的花多，但感到都市的花跟自己很陌生，都市的花跟自己没关系。因而对眼前的花，只是一个景色概念，只是一个模糊印象，更是感觉不到它对你多么亲切，它是美的，美在那里。

院边的花，在西斜的阳光下像浓妆淡抹的少女，显得格外秀美。它们虽然是人栽植的，但长得无拘无束，活泼天真。我静心去赏，发现每一个含苞欲放的花蕾，透着羞涩的笑意，每一朵盛开的花朵，都在从容地笑，它们笑得太美了。这么好的景致，就在我每天走过的身边和眼前，竟然从来没有在意过。想想，这院边的花，已长有好些个年头了，每年都在开，从春天一直开到深秋，我怎么就没有看到它们呢！我为我的生活而悲叹起来。我在忙些什么，我的眼睛在“盯”些什么，我的内心空间到哪里去了，我怎么就看不到开在眼前这么动人的花呢？想来，又有很多理由。每天早出晚归，休息日也在忙事，眼里盯的是高楼、马路、汽车、人流、钞票，心里装的是事情、工作、前途、烦恼，眼里没有景，没有花，也是自然而然的事情。

花在眼前，眼里无花，这是人对花的轻视，还是人对人的轻视？眼前有花，看不到花开，这是人对花的失落，还是人对花的麻木？看到花开，看不到花美，是花对人的无意，还是人对花的自大？这对花来说并不重要。人们，看不看到花开，看不看到花笑，对花来说，是无所谓的事情，花是为自己，为阳光和大地而开的，它的美并不是为人而展现的。而对人来说，眼下有美却看不到美，忽略了美的存在，却是可惜的事情。

是的，生活让我们太忙了，忙得眼里只能装下“名”和“利”两件事，忙得我们心里只能装下吃喝拉撒这些具体而实惠的事情了。我看着眼前的花儿笑得这样美，顿时感到，我常常埋怨生活缺乏美，身边看不到美，其实美就在眼前。只是自己把它忽视和放弃了。

人这一辈子，如果仅仅面对人和人，人和钢筋水泥，人和忙碌，人和名利活在一起，活完了一生，竟没有看到有限的美，没有享受到万物的美，那将是太可怜了。

这丛让我每日可以看到的花儿。花儿的笑，让我紧绷的面容舒展了，让我劳累的身心放松了，让我忧郁的内心喜悦了。我要把这花儿的笑，溶化在心里。于是，我索性坐在这丛花儿旁，一朵又一朵欣赏、品味它们的笑意和可爱。花儿的笑，花儿的美深深感染了我，让我似乎回到了童年时天真烂漫的心境，不觉感慨，生活是美好的，美好得像眼前花儿一样多姿多彩；人生是艰辛的，但有花儿的美，花儿的笑陪伴，生活永远是幸福的。

6. 厚道人是快乐的

你说，厚道是一种友善，是一种谦让，是一种义气，是一种宽容，是一种正直。你追寻这样的品格，因而在原则之内，你从来不愿跟别人发生摩擦，尽力避免跟任何人发生碰撞，不愿意无事生非，从来不主动攻击别人，做事总是让人三分，总是忍让能够忍受的伤害。你放弃了本应跟别人争执的利益，放弃了本应较量到底的是非，甚至放弃了对伤害你的人报复的机会。你尽可能跟别人处好关系，尽可能让别人愉快。你一直是防守型的人，一直是待人客气的人，一直是做事有分寸的人，一直是谦虚的人。你做事说话尽量让对方感到舒服，常常因错而向别人道歉……

你做到这么多的克制与谦让，宽容与善良，一定是人见人爱吧？你说不是。你说你的克制与谦让，宽容与善良，被别人看做是别有用心的企图和软弱，反而时常受气。连很年轻的领导都不把你当回事，挤你，压制你，诋毁你。许多年过去，你找不到自己的过错，但你终于明白，这不是你的过错，而是别人的毛病，因为你的存在，你的优秀，在别人看来就是威胁。

威胁别人什么呢？怕你竞争某个位置，怕你成为他领导，怕你文章写得比他好，怕你收入比他高，怕你受表扬，怕有好事掉到你头上。尤其在那文人成堆的单位里，你感到做厚道人很难。这是什么原因呢？你弄明白了一个现象与实质，文化单位不一定有文化氛围；文化人不一定就是有文化的人。你所处的这些文化人中，人格的缺陷，有先天固有的，也有后天形成的。而让你不可思议的是，有人格缺陷的人，却在你身边的那些高学历和能写出几篇像样文章的人中居多。这是一种遭遇。你说你身边多有人格缺陷、夜郎自大的人，做厚道人很艰难。

你困惑，你在这样的人文环境下，还有必要做厚道人吗？你有点不想做厚道人了。你想让自己同刺猬那样，浑身长满芒刺，把自己保护起来，碰你就遭扎，这样就会让别人怕，让他知道你不好惹。如今许多人，不都是这样保护自己的吗？不做厚道人，总不会让自己吃亏吧。你说你想改变自己，也曾试图学得少点憨厚多些狡猾，少点谦让多点争执，少点善良多点恶心，少点谦虚多点高傲，而且适当可憎一点，蛮横一点，刁钻一点，赖皮一点，心坏一点，但如此“试”了一段时间，也争到了某些利益，找到了所谓的尊严，发泄了内心的仇恨，却感到自己活得很劳累，活得很丑恶，很讨厌，也很痛苦。这样做人，不仅失去了心理的平衡，也失去了往日的自己，深感厚道人是做不来不厚道人的，改变做人的方式，是折磨和痛苦。这时，你又渴望做过去的那个自己，一个曾经厚道的自己，哪怕吃点亏，受点委屈，也比改变做厚道人好。于是，你回到了往日做厚道人的内心世界，你做人尽量让自己善点、再善点，谦虚点、再谦虚点，宽容点、再宽容点，友爱点、再友爱点。这样做，尽管失去了一些利益，时常显得有点软弱，让人看起来有点犯傻，但你发觉这样的你，才是真实的你，正直的你，坦荡的你，善良的你，可爱的你。

你觉得做个厚道人真好。做一个厚道人走路从容，做事安静，心没憎恨，脸溢阳光，睡觉是香甜的。你欣慰自己做了几十年厚道的人，虽然吃了许多大小的亏，也被一些人伤害过，也受过许多委屈，但至今却没有人，甚至没有一个讨厌你的人说你“人品不好”，竟然说你人品不错，这不就是对自己做人最大的奖赏吗？你在这一点上的理解是深刻的，一个人的成功中，缺失做人的成功，所有的成功都是缺乏色彩的。你把做好一个人，当做成功的一方面，即使你追求的目标没有达到，你也无悔。

你说厚道是一种做人的最佳状态，做人朴素品格中的最高品格，你决意不再改变做人的厚道。你告诫自己，让厚道成为自己心灵的营养，修炼的课程，处世的根本，为人的品德。你坚信，厚道的人，少了计较，少了争执，少了是非，少了怨恨，少了仇人，多了平和，多了友爱，多了人缘，无论吃亏也罢，被人轻视也罢，被人欺辱也罢，但终究是快乐的。

7. 善良是吹不败的花儿

人活得是善一点好，还是恶一点好呢？有人问我这个问题，并讲出了心善的诸多不好，又讲出了心恶的诸多好来，而且这些理由在现实中又很普遍，我不愿以简单的结论回答这个问题。我在人生的路上走了四十多年，至今对这个问题仍时常困惑不已。如若在常态的心境下，如若在没有遭遇吃亏的情况下，在没有利益相关的人和事面前，总是认为如果是一个真正的人，对别人还是善良点好，对事物还是友善点好，或者说能善还是与人为善吧—善良会让人活得从容，善良会让人活得坦荡，善良会让人活得阳光，善良会让人活得可爱，善良会让人活得安然。这是我内心处事为人的基本框架，也是内心的“平衡板”。因而，在我做人的原则里，与人为善，是根本。

我的善是什么呢？

我看待别人，总是以友善的心态出发，把别人看得真诚、善良，把别人看做是朋友。我以为我看待别人的善，得到的回报必然也是善。

我对别人说话，总是从友善的态度出发，所出口的话尽量让别人喜欢、顺耳、友好。我以为我友善的言语，得到的回报必然也是善言善语。

我对别人的流露，总是从友善的境地出发，所表达、传递给别人的是友善的东西。我以为我友善的表露，得到的回报必然也是友善的。

我对待别人，总是以友善的方式出发，所做任何一件事尽量把别人看得高一点，尽量谦让，尽量让别人愉快。我以为我谦让的友善，得到的回报也必然是谦让和让我愉快的回报。

我对待恶人，总是以友善的言行相待，不是什么原则上的大事尽可能不去冒犯这类人。我以为我的友善，得到的回报必然是友善的回报。

我对待伤害过我的人，总是以宽厚的方式对待，如果不再继续伤害我和与我为敌，我尽可能做到宽容。我以为我的宽容的友善，必然得到的是友善的回报。至于那些挑拨是非，挑衅、攻击别人的事情，我是绝对回避的。回避，不是我胆小怕事，而是不愿意让心灵有恶，让心灵最大限度保持友善。

那么我具有这么多方面的善，那我一定就是人见人爱、八面玲珑、朋友四海、官运通达的人了？非也。至今，虽然没有恨我入骨的人，但也没有达到人见人爱，朋友四海，而却大有伤我心的人。

我以友善看待别人，而现实是许多人的内心并不光明，不能友善地看待我；我尽量以友善的言语说话，而有人会认为你怕他或矮他一截，他反而不友善地与你对话；我尽量表达与流露自己的真诚与善良，而有人却不以为然，甚至不以真诚和友善相待；我对别人谦让，而别人误以为你是怕他，或者不如他，他反而对你轻视和傲慢；我对恶人以友善的言行，而他会把你看成是他脚下的一只虫子和蚂蚁那么渺小可欺；我对待伤害过我的人做到了宽容，可伤害过我的人却不认为我的宽容是善良而是软弱……

这都是抽象的概括。而这些抽象的概括中，包含着丰富而深刻的内容。我本想把这些抽象的概括，用实打实的例子加以证明，这样更能说明我的为善，但我又不想去说那些具体而让人厌烦的事情。因为善良的人，总是受到伤害最多的人。任何一个善良的人，都会说出许许多多不公正的对待来，我想我没有必要说那些具体的事，即使说出来也是与许多为善的人的感受是相同的。

为什么善良总是得不到善良的回报呢？原因很简单，你置身在了一个利益圈中，你有碍于别人的利益，你的存在是对别人的威胁。你的周围如若都是如此心态的人，你的善怎么会被人认可？你不愿恶总想善，你的善怎么会不被恶淹没？在如今崇拜和追求金钱、官位的时势下，很多的善良，都被对金钱和官位的强烈欲望所左右了，甚至常常被倒置了。往往是，那些恶的人，总会得到许多善人得不到的实惠，总会少受善人遭受的许多伤害，总会有很多人敬畏他、恭维他、谦让他。这让人感到，人恶一点没有什么不好，人恶一点活得更从容。我有时候很想恶起来，没有得到的利益像疯狗一样去抢，谁招惹了我，我就像疯狗一样去咬，谁让我看不顺眼，我就像疯狗一样去踩。如若做到这样，单位领导哪个不怕你，同事哪个不畏你，哪个好事会没有你？我想做得恶一点，但实在做不到。不仅学不到恶的方法，而且更打不破善的心理。倘若哪次的话和事说得、做得欠妥，让人误解和不舒服，我总会给予解释和道歉，否则善的心理平板就会失去平衡。我想我只能学习做人做事的最佳方法，或者说适合于我的，能够让我在保持善良的状态下，做到维护我的应有的利益，我应有的人格，我应有的尊严。我想这应当是所有善良的人需要努力的地方，不然善良就会被人利用，就会被当做软弱。而要学会并得体地做到有尺度的善良，聪明的善良，文明的善良，是多么难的事情啊！愚笨的我，长久养成一种固定内心状态的我，有可能学不会这些方法。

但我总是相信，愚蠢的善良也好，聪明的善良也罢，善良总是有回报的。我所欣慰的是，在我所在的任何一个单位，跟我同事过的喜欢我和不喜欢我的人，讨厌我和不讨厌我的人，在议论完我的优点和毛病后会说，“他人品没问题”“人品不错”。这是多次我从讨厌我的人那里听到的对我的评价，我对此深感慰藉。与人为善的结果和回报，是对人品的肯定，应该知足了吧。

人的一生究竟怎么做人才好？做个什么样风格的人才好？纵然做事的方式有千百种，逐利追名的方式有千百种，生活方式有千百种，做人的方式有千百种，做人的风格有千百种，而善良却是所有做人和做事的“底色”。失去这个“底色”，善良之花将凋谢。

生活中的恶人，或者心底不善的人是随处可见的，难道我们的善良因为恶人的存在而改变吗？我想起了罗斯福对待恶人的一段话：“假如一个人真的善良，那么善良就是他的天性，这善良不会因为面对的是一个善人或恶人而改变。面对一个恶人，自己也变得凶恶，这还是真正的善良吗？”因而，罗斯福在他曾经的恶人找他相助的时候，他仍然善良地帮助了他。这需要把善良作为一种信念来坚持。

无论如何，不要动摇你善良的信心。善良是任何风也吹不败的花儿，它开在更多人的心里。

8. 阳光照到星期八

这个公园，也许是这个都市最小的一个园子了。说是公园，不如说它是个简易活动场，没有设施，只是围了墙，建了塘，栽了柳，植了草，就称为公园了。最早，这园没名字，很少有人光顾。后来，不知谁为它起了个响亮的名字—阳光星期八。也许是这园名有一种温暖、吉祥的“牵引力”吧，这园子自从挂起这个靓丽的名字，便来人多了起来，有时候还会显得有点拥挤呢。

阳光星期八，这个绝好的名字是谁想出来的？我问管理园子的老翁，这么个没景色的园子，为何叫“阳光星期八”？一周只有七天，哪有个星期八呀？老翁有点不高兴地说，过了星期日的那一天，不就是星期八吗！我故意辩解道，那一天分明是星期一，怎么就成了星期八了？老翁显得生气地说，你这人咋没有点浪漫的情怀和诗意的脑筋呢！阳光星期八，是喻意、兆示阳光日日有，生活天天都灿烂嘛。也就是说这个园子，不仅今天有阳光，而且明天也有阳光，天天会有阳光……这个老翁不简单，他哪里是管理园子的园丁，简直是个诗人。

其实，这园子由冷清到热闹，并不因这靓丽的园名有多大诱惑力，而正是由于这位花匠老翁的美的创造，才使一个普通园子不寻常起来。

老翁有诗意般的想象，也很会创造美。这园子虽小，虽没奇景异彩，但老翁选种的松柏、垂柳，风景树都很精致，草坪种得很浓厚，花儿侍弄得很艳丽。我每次走进园子，看他都在不停地打理、修剪园里的树、草、花，园里总是飘散着青草、树木被修剪后吐出的香甜味。老翁的手很巧，巧得有点独具匠心，使得这园里的树木花草虽普通，却有了一种创意之美、艺术之美、精巧之美。这个平常无奇的园子，如若没有老翁这双勤劳的手、艺术的手施美，想必就是有再好的取名，也不至于让很多人注意吧。

我对这园子和老翁，有了一种亲切和好感。这灿烂的名字让我心动，这普通中的精巧之美在吸引我。休息日，我时常放弃去其他地方消闲的念头，喜欢到这个园子里坐坐，散步，读书，感到这园里的阳光柔情明媚，空气沁人心肺。这被诗意化了的园子和花草树木，成了更多普通人的精神归宿。每天从早到晚，园子里聚集了一拨又一拨的中老年人，他们有的来这里唱歌，有的练弹奏，有的练武，有的练书法，有的休息散步。休闲的人中甚至还有不少坐着轮椅的病人、老人，他们在花旁、树下沐浴阳光、读书聊天，脸上都洋溢着笑容。人们喜欢这园子，是因为人们去处太少，还是它的取名富有魅力，或景色迷人？在我看来，它让我越来越喜欢的原因，是这园子的普通的树木花草经过老翁的手，有了一种昂然美、色彩美、造型美，是这朴素的美在吸引我。这也许是更多的人同我一样喜欢这个园子的原因吧。

管园的老翁，每天乐呵呵的，如同辛勤的蜜蜂一样，不停地修啊剪啊，浑身是劲，一脸的阳光。老翁把一个其貌不扬的园子，经营成了一个有色彩、有诗意的花园，是他给我们创造了一个美的园地。我的目光，充满对他的敬意和感激。

有一次，我对老翁说，你是个作家、诗人，还是个画家、艺术家呢？你把极普通的景物塑成美的组合，美的艺术，实在了不起。他说，这些“家”都与我不沾边，我只是个退休美术教师。我喜欢园林设计，我喜欢通过普通的树、普通的花、普通的泥土，表达一种事物的美、景色的美。你注意过没有，我们生活中最美的东西，大多是那些最普通的事物展现的，那些最普通的事物的美，才是让人能够满怀信心生活的阳光。每个人都可以创造这样的美，只要你有心去创造，你会感到在普通中创造出的美是很有趣味的。我已经“打理”过十多个园子了，我把我的美的发现、美的想象、美的构思，通过树木花草表现出来，展现给大地，呈现给人们，让人们徜徉在这普通美中，这是一种乐趣……我说，您是一个阳光的使者呢。老翁说，我只是个花匠。

老翁在普通中创造着明天的景色阳光。我每当想到那园子，想到那老翁，心里便暖暖的。阳光星期八，我非常喜爱这个园名，也渴望星期八的阳光。我知道，星期八的阳光一定很灿烂。

9. 在霞光里出门和回家

迎着朝霞出门，披着晚霞回家，在大都市里上班的人，如若谁能够享受到这样的上下班的时刻，那他的班上得一定快乐，那他的工作生活一定会少去一些烦恼和忧愁。不要以为迎着朝阳出门，披着晚霞回家，是上班族人人都能享有的平常事情，事实上很多的人一天里出门和下班是两头见不到霞光的。比如那些常年坐地铁的人，那些清早出门，晚上才能回家的人。

在北京这样的大都市，不知有多少这样早出晚归的人，他们为了生活，为了一份职业，为了一个奋斗目标，为了一项事业，也为了更多的财富，披星星出门，再披星星回家。这大多原因是城市庞大而造成的。还是天刚亮的时候，你以为从京西苹果园到京东四惠的地铁里，不会有烦人的拥挤。错了，不但拥挤，而且拥挤是从天未亮就开始了。地铁几分钟一趟，车厢里人是爆满的。没在这么大城市生活过的人肯定纳闷，这些人上的是早晚班吧？他们上的是正常班。看看，从北京的城东到城西，六七十公里路，如果是早上八点上班，下午五点下班，路途没有一个或两三个小时，那是不够的，也只能是天黑了才能赶回家来的。这是大城市最为便捷的出行交通了。你若忍受不了这从早上黑暗中钻入阴暗的地铁，从下午阳光里又钻入阴暗的地铁，那你就选择开车或乘公交，那你要拿出十二分的耐心等待堵车。路上会有多长时间堵车？天知道。所以远途上班的人，宁可选择忍受早晚见不到阳光的出行方式，也不愿每天在路途上遭遇堵车的折磨。

京城的白天和夜晚，东西南北，尤其是东西，几乎是川流不息的人的江河，你匆匆往东赶，他匆匆往西赶，又匆匆往西赶，又匆匆往东赶，每天在这遥远的路途上折腾着。这会有多累！你不必拥入这肉挤肉的人河，看一眼就会让人晕，让人累。有什么办法呢，为了生活，这晕和累是京城几百万人生活的组成部分，这不仅是唯一选择，而且还得痛快接受。“习惯了就好了。”很多挤地铁，在路途上要奔波三四个小时的人说。是的，习惯了就好了，习惯了这种眩晕，这种劳累，并勇敢地把它当做追求生活的一部分，那就很自然了。但谁会长年忍受没有阳光的路途生活呢？

东头的单位，西头的家，是城市选择了人们这样劳累的生活方式，还是人们选择了这种苦累的生活奔波？难道就没有这样一种选择，东城的在东城上班，西城的在西城工作，就业在家门口就业？大概永远也不可能让大多数人有这样一种选择。倘若有了这样一种选择，为上班不再东奔西跑，那么这些人一天省下三四个，甚至四五个小时的时间，会干什么呢？会睡到快八点起床上班，晚上至少可以有三四个小时闲着。这当然好，但那又会怎么样呢，对那些闲着就觉无聊的人来说，这又是一种难耐的寂寞。对这样的人来说，那还是早出晚归的好，这样生活多么充实。所以，许多在东城上班的人，在石景山买房子，不在乎路途多远，而在乎房价比东城少了数十万；而在西城上班的人，却在城东买房子，不在乎路途远房价高，而图城东繁华“人气”旺。殊不知这样的东西奔波，一天花去三四个、四五个小时，是钱买不来的，也是繁华的街景置换不来的。有些人就是这么有意思，又有谁能改变他们的这种不明智的选择呢。许多人本身是把可要可不要的钱看得比时间重的。因而，大城市的人江人河、拥挤，又有谁能缓解得了呢。

见不到太阳的路途是郁闷的，长此以往，甚至会让人感到这样的工作和生活是种痛苦。有一位朋友在离家近的单位上着月薪几千元的班，用他诗意般的话说，是“迎着太阳上班，披着夕阳回家”。他很知足。有一天，朋友请他去他公司做事，月薪是他现在单位的十倍。

十倍的工资一年就是几十万，干十年不就是几百万吗？他为此很激动。他一想干上十多年挣上几百万会安排怎样的美好生活，毫不犹豫地接受了这份工作。他从此每天从苹果园的家坐地铁到朝阳门的单位，早晨不见太阳进地铁上班，晚上八点下班进地铁回家，一天工作十多个小时。他说，每天下午太阳快要落山的时候，他坐在办公室里就心躁，就想回家，却还不能下班。但他每天晚上从楼里出来回家的时候，一想到路途得近三个小时，就觉得家很远，身体很难受，心里很劳累。一段时间后，他越来越感到上这个班是一种折磨，仍然回到了月薪几千元的单位。他说，高薪虽很诱人，但我还是过我迎着太阳出门，披着太阳回家的日子吧。不然，见不到太阳的上下班会让我焦虑和疯掉的。到那时，那么多钱对我有什么用处呢？这是他明智的选择。他选择了太阳，等于选择了快乐。是的，人的工作和生活，不管挣多少钱，哪有比在霞光里轻松出门和在霞光里轻松回家快乐呢！

在京城这样的大都市，何时出门何时能回家，这是每个人不得不面对的沉重问题。在京城，每年都有那么几次暴雪和暴雨天。暴雪和暴雨更是拉远了回家的路，就是几公里的路，车也会走上几个小时，路途远一点就会走上十多个小时。那些东赶西赶的人，哪一次不是傍晚上车，深夜或凌晨到家的呢。唉，在这样的大都市，如若能够就近上班，如若下班能够不超过半小时回家，那该是很幸运的事情。

在霞光里出门和在霞光里回家，在大都市里拥有这样工作生活的人，是幸福的人。珍惜这样的幸运和幸福吧，朋友。

五、我不知道我是谁

1. 一只交嘴雀的选择

驯鸟人捕到了两只雀，是一种精灵而性格刚烈的交嘴雀。也许因为它的嘴是交错而长的，被人叫为交嘴雀。交嘴雀看上去有点凶猛、怪野，要把它驯成温顺的、听人指使的鸟儿，很不容易。而驯鸟人恰恰看中的就是它的这种刚烈、野性，如若一旦把这种刚烈和野性磨掉、驯服，这种很活泼、很灵性的鸟儿，可以卖到很好的价钱，一只可以卖到三五十元钱。驯鸟人是个退休工人，他捕鸟、驯鸟的目的，当然不全是为了赚多少钱，而是种乐趣。确切地说，是寻找和满足一种征服欲的乐趣。他已经捕获了几百只交嘴雀了，却只有一半的鸟被他驯化成了人们手中的玩物。而另一半，他无论采取什么办法，这些倔强的鸟儿总没有顺从他的意愿，不是从他手上逃了，就是气绝而亡了，再就是绝食而死了。这使得他对这鸟很纳闷：同一种鸟儿，为何有的被驯服了，有的却宁可死也不服呢？

山林里，守候了一天的驯鸟人，终于在黄昏的时候，捕到了两只交嘴雀。两只交嘴雀都是公的，也许它们是兄弟俩，长得毫无差别，性格也同样暴烈，驯鸟人把它们关到了驯养笼子里。这驯鸟笼里有谷子，有水，这是鸟儿欢喜的东西。

但刚被捉进笼子的鸟儿，无不怒气冲天，一时是不会吃这诱饵的，尽管它们从来也没见过这么多谷子，就是饥饿至极，有的也不会吃一口谷子，喝一口水的。

这两只交嘴雀，如同被捕捉的所有鸟一样，刚进笼子，愤怒而高傲，不吃不喝这嘴边的食物。驯鸟人不理会它们的不吃和闹腾，这是它们在耍性子呢，闹够了，饿极了，就会做出它们的选择：吃与不吃，喝与不喝。如果是选择了吃与喝的鸟，表明它们已初步接受了被驯养的现实，有望被驯化；如果它们中有谁死也不肯吃喝，那说明这只鸟儿难以被驯服。

在笼子里的这两只鸟不吃不喝，上蹿下跳，身上的毛被它们折腾掉了许多，但它们还坚持抗争着。两天过去了，它们都精疲力竭了。有一只鸟终于吃谷子了，而且还喝了水。另一只却看都不看一眼谷子和水。吃了谷子和喝了水的鸟儿，很快有了精神，也显得平静了许多。那只不吃不喝的鸟儿虽然没有力气蹿跳了，可那极力咬啄笼子的嘴，那嘴巴流出的血，那愤恨如仇的样子，分明在告诉驯鸟人，它不服，死也不屈。

又一天过去了，那只不吃不喝的鸟儿，看它兄弟又吃又喝，却仍然不理会谷子和水。它要以死来抗争，这只顽固不化的倔鸟。绝食到死，这是让驯鸟人没有任何办法的事情。驯鸟人是个心地善良的人，如果鸟儿抗争到如此地步，只能放归，否则就会饿死在笼子里。他把这只以死抗争的鸟儿放归了。这只奄奄一息的交嘴雀从驯鸟人手里逃也似地跑了。尽管逃出了驯鸟人的笼子，而它能否马上觅到食，能否活下来，很难说。但它连它笼中兄弟也没看一眼，踉踉跄跄地飞走了。

这只抗拒不住饥渴的交嘴雀，经过一周的笼中生活，已很乐意享受笼中现成的谷子和水了，而且也渐渐适应了笼中的生活空间，不再愤怒了、急躁了、反抗了，也没有当初的那种高傲、狂妄，它接受驯养的现实了。驯鸟人用细绳把它的一条腿拴在小木棍上，驯它。出了笼的鸟，以为自由了，要飞，但腿却被拴在木棒上；再飞，仍被绳子拴着，再飞，仍然如此……数百次地飞起，数百次地被绳子牵到了木棍上。聪明的驯鸟人抓住时机，待鸟儿飞烦、飞累、飞饿的时候，给它喂上谷子，再给它递上水，鸟儿吃了驯鸟人给的食，也急切地喝了驯鸟人给它的水。就这样，驯鸟人用这木棍加细绳，再加谷子和水，磨它的野生性格，驯它与人的温和亲近。这样反复地驯养，鸟儿的性格越加温顺了，也与驯鸟人建立了信任和依赖。这时，驯鸟人解开系在鸟腿上的绳，驯它听从左手飞到右手的命令。

凡是哪次服从了命令，就给它喂一粒谷子，给它喝口水。如此反复驯导，鸟儿越加听驯鸟人的指令了。

一个月后，它被驯鸟人驯成了“表演师”：驯鸟人让它叼啄扔到地上的小球、钱币，它会按指令灵巧地把它叼来，递在主人手上。这只鸟经过驯鸟人驯导，已经变成了人手中彻头彻尾的玩具了。后来，驯鸟人把这只驯服得乖巧的交嘴雀卖了，卖了个好价钱。

2. 如果我们改变自己

有一块墓碑上刻着这样一段话：

当我年轻的时候，我的想象力从没有受过限制，我梦想改变这个世界。

当我成熟以后，我发现我不能够改变这个世界，我将目光缩短了些，决定改变我的国家。

当我进入暮年以后，我发现我不能够改变我的国家，我最后的愿望仅仅是改变一下我的家庭。但是，这也不可能。

当我现在躺在床上，行将就木时，我突然感到：如果一开始我仅仅去改变自己，然后作为一个榜样，我可能改变我的家庭；在家人的帮助和鼓励下，我可能为国家做一些事情。

然而，谁知道呢？我甚至可能改变这个世界。

这是威斯特大教堂地下室碑林中一块墓碑上的话。这文字是谁写的，墓主人是谁，生卒于什么时候？没有记载，它是一个无名氏的墓碑。

这是来自于一本权威杂志的介绍。据说，许多世界政要和名人看到这篇碑文时，有人说这是一条人生的教义，有人说这是一篇生命力学的文章，还有人说这是灵魂的一种自省。当年轻的曼德拉看到这篇碑文时，他有醍醐灌顶之感，认为自己从中找到了改变南非甚至世界的金钥匙。

这段精彩的感言，究竟出自什么人的手？这个人的生活经历是怎样的？他的感悟到底来自于什么地方？如果我们要知道警言主人生前的一切，也许会对这段教义的认识和理解得更为深刻些。

但他似乎已经把一生的遗憾说透彻了，也描述出了我们几乎所有人当初的雄心壮志的实现和最终失败的原因——不要梦想改变世界，也不要梦想改变国家，也不要企图改变别人。任何人都很难改变世界，改变一个国家，甚至一个家庭的。改变世界，改变国家，改变别人，首先要改变自己。

这教义让人深思。那么，改变了自己，就能改变世界，改变国家，改变一个家庭吗？我想，改变一个世界，需要改变世界的伟人；改变一个国家，需要改变国家的伟人；改变一个家庭，对更多的寻常人来说，就是改变自己。如果没有全家人的改变，也是不可能改变一个家庭的。所以，那个墓碑上的话，是写给领袖的，也是写给每个人的。领袖可以影响世界，影响一个国家，影响一个家庭；而改变世界，改变一个国家，改变一个家庭需要多数人的改变。但我们不是伟人，我们也没有引领和改变世界的能力，我们有必要改变自己吗？当然是有必要的。我们坚信，如若你改变了自己，就有可能改变你想改变的一切。

我们要改变我们自己的什么呢？如果我们真地能改变自己的话，我们需要改变一种性格，我们那种狂妄的、固执的、懦弱的性格，这些性格不仅影响不了别人，对改变世界亦无济于事；我们那种自私的、狭隘的、冷漠的心地，既爱自己又贪婪，哪能容得下别人，容得下一个世界，更何谈改变什么；我们那种愚昧的、陈腐的、偏颇的观念，改变不了别人，更改变不了世界……

我们的性格、内心、知识的改变，对我们期望改变周围的一切，是多么重要。人能够改变知识层次，能改变地位，能改变贫穷，但要改变自己的性格和心地，又是那么艰难。“江山易改，禀性难移”，我们改变不了自己，也改变不了自己以外的世界，那是“禀性难移”的缘故啊！改变自己，需要脱胎换骨式的炼狱。即使是这样，我们的某些恶劣本性，也不可能完全被抛弃得无影无踪。就好比有一个故事说的：一只老虎，改变了自己的凶猛性格，成了主人的朋友，平日温顺至极。有一次，它为表达对主人的感激，温柔地舔起了主人的手，它舔着舔着，结果舔破了主人的皮肤，舔出血了，结果它兽性发作，一口把主人的手咬掉吃了。这是动物的本性，一个看起来改造得很透彻的人，在大利面前，在生死面前，在大辱大爱面前，在极端苦难面前，还能抑制住原来固有的某些劣性吗？许多人也许如那只老虎一样，会在难以放弃的诱惑、难以忍受的痛苦面前，露出固有的本性。这是我们满怀壮志，但不能改变别人，也不能改变世界的悲哀啊！

我们是有许多让别人看来需要改变的地方，而且自己也明白，如果改变了这些，我们会转变一种心态、一种观念、一种处境，一种活法，那将会使我们变得内心宽阔、道路平坦、人生快乐，但我们往往不愿改变自己，总希望别人改变。我们是那么地固执，那么地显得所谓的自尊，不愿意向生活妥协，不愿意向别人让步，喜欢保持某些自以为是的令人讨厌个性，喜欢跟生活较劲，也喜欢跟别人无谓地较真，甚至强迫别人改变什么。结果是，你并没有从根本上改变别人，也不可能真正改变世界。

人，都想改变自己的生存、生活状况，都在埋头寻找走向幸福和快乐的途径，但就是不善于首先改变自己；人，豪情万丈总是在年轻的时候，省悟的感慨总是在晚年；人，总说要改变自己，但直到生命的尽头也没有改变自己什么。这是一个人的迷惘，也是失误。如果要改变自己，那就会像那位令人崇敬的无名墓碑主人所说的，有可能改变我的家庭，会让我的婚姻很美满；有可能改变我的国家，会使我的国家很兴旺；有可能改变世界，会让我们的世界更如意……

是的，我们的人生，不应该是这样尴尬的，也不应该是这样坎坷的，也不应该是这样不如意的，应该比现在更好。如果要改变这些，我们要改变自己。谁不想改变别人、改变世界呢？有这些意愿和抱负的人，应该马上考虑如何改变自己，不要等到行将就木的时候，那将没有多大意义。因为晚年的懊悔，就如一杯苦涩的酒，难以下咽。

3. 上路不知道目标

上帝把我们抛到这个世上，没征求我们的同意，而我们却明白了生命来之不易，又感恩上苍和父母亲的给予。但我们还是困惑，上苍让我们来这世上的理由是什么？要我们做什么，我们能做什么，靠什么谋生，等待的是贫穷还是财富？等等。上帝没有给我们理由，没有理由就不会有目标，而活着的理由和目标，得自己去找。因而我们带着很多的困惑和疑问上路了，也在不停地问上帝让我们来到世上的真正理由，并且直到生命结束的时候还想问，而上帝始终不告诉你。所以，我们来这个世上，是茫然而来的，是迷茫地迈开双脚，迷茫地上路的，也是带着迷茫离开世上的。现实是，上路了，却不知道目标。

人生，人活着，人活下来的理由，是需要一个或几个目标作依托、作牵引的。这个目标，是学识，是创造，是金钱，是官位，是房子，是后代，等等，是活着的理由，是活下去的意义，也是谋生的手段。目标，简直就是人生前进的磁石，没有它，我们就会脚下无路。

而这个目标，让我们找到它，找到了喜欢它，愿意朝它的方向付出努力，是多么地难。往往是，我们难以找到人生的目标，而找到了又不愿意朝这个目标前进，即便是朝着目标走去，也是满怀困惑。因为，我们找到或被人推入的这个目标，有很多的困难，有很多的不喜欢，有很多的未知数。人来到世上，确立一个支撑精神和物质而活下来的目标，太难了；有了一个目标，而坚持走到尽头，太难了。

自从我们懂事，就有人会问，你将来想干什么？也会问人，我长大干什么好？这是选择人生目标。而这个目标，又是建立在羡慕、参照看到听到的某个目标，某个人身上得到的有限概念而萌发的，尽管不乏幻想、痴心、幼稚、兴趣、冲动、茫然，但每个人都要面对目标选择，这是路也是饭碗。至于能不能走上这个目标的路，那是运气、命运、自己努力与否的事，而选择可行的目标，对每个走入生活的人来说，是了不起，也不是件容易的事情。

在贫困和饥饿的境况下，人生的目标简单，只要能活着，能吃饱饭，就是人生最大目标。自古以来的七十二行，延续了几千年。几千年来，我们祖辈的人生目标，是梦寐以求地干上七十二行中的某一行。只要干上一行，人生就有了目标，就有了吃饭碗。那么不是谁想干哪一行就能干哪一行的，干上这七十二行中的任何一行，不知有过多少迷茫、等待、艰辛、委屈的。为饥饿生存而朝着一个目标走的人，人生的目标是痛苦的，但又别无选择。我们的父辈，我们父辈的父辈，为了活着，选择了跋涉、劳苦、危险、战场、屈辱。他们人生的目标虽简单，但却付出了终生精力甚至生命的巨大代价。

那遥远而来的七十二个行业，已被现在几千个行业淹没了，且为贫困和饥饿选择人生目标的人，越来越会减少。五花八门的行业，应当足够我们挑选人生的目标了吧？可更多的年轻人说，不知道干啥好，活得很茫然，活着没有目标。怎么没有目标呢，而更多人，是如何挤到政府的门里做官，是用如何便捷的方法挣到更多的钱。钱，权，成了如今许多人活着的最大目标，也成了这个时代的一种倾向。

一个时代里，倘若有更多的人追逐一种倾向，那不是社会出了什么危机，就是那个目标的价值观出了偏差。譬如，有更多的人当兵，那不是有了战争，就是当兵有什么好处。而战争年代的兵多，是正常不过的事，而和平年代的兵多，不正常；全民都想当官，人人都经商，那一定是官场出了偏差，人们活着的目标出了偏差。而今天的官热、钱热，让许多人放弃了对人生目标的正确选择。

并不是所有的人都适合当官，并不是钱多了就找到了人生目标；并不是所有端政府饭碗的人，就喜欢在机关里工作，就喜欢那个职业和岗位；并不是所有有钱的人，就会找到有钱的快乐，就喜欢以谋钱为目标。不然为何有那么多人端着金饭碗还六神无主，有那么多拥有金山银山的人活得乏味，只因选错了目标，尽管这个目标在别人看来是金光灿烂的，那也是选择的错误。

许多人活在现实利益中，没有明确的生活目标，更没有信念，目标就是活着。这使得我们看到了更多的没有“精神”的人，那些营养过剩而思想简单得可以朝东也可朝西的人。这些人，是些没有行走目标的人。

人应当选择自己适合和喜欢的目标。在今天不为贫困和饥饿逼迫下的人们，不必盲从，随同他人做自己不喜欢干的事情。如果我们做不到这样，至少可以让我们的儿女，身边的亲人、朋友做到。我们应当感恩我们的父辈，感恩这个时代，创造了一个大体可以满足我们兴趣、特长、个性发展的社会平台，我们可以站在这大平台上，谋划我们人生的目标。

尽可能选准自己人生的目标，不管它多么卑微，只要我们喜欢，那这目标一定能让我们走得很远，也会走得快乐。

人生，最苦恼的事，不是贫穷、渺小、无助，而是没有自己的人生目标。这个目标，是崇高的信仰、信念也罢，是具体到把一件小事坚持做到美的极致也罢，都是了不起的。我们缺少的不是有目标的人，而是把目标当作信仰，把认定的事情做到极致的人。这样的人，肯定是上帝所企盼的，也是我们茫然来到这世上，而没有茫然地走过一生的价值所在。

上路了，没有目标，迷茫中行走，不知去哪里？

4. 让我们心儿不累

在机关或机关体制工作了几年或几十年的人，会越来越厌烦这种单位。厌烦的原因，不完全是薪水低，不完全是不喜欢这份职业，不完全是自己的性格怪异不容人，更不是工作劳累怕吃苦，是因为机关和机关体制的这种单位让人心累，人与人之间明争暗斗得让人心累。这种心累，让人感到那些人际关系复杂的机关和机关体制的单位，简直是一个耗费心血、浪费时光的怪圈。

看看我们熟识的那些人吧，许多人让我们感到越来越陌生，许多人变得让我们吃惊，许多人让我们越来越不可理解。

——当年那单纯可爱的年轻人，怎么变得复杂诡秘了；当年那为人厚道淳朴的年轻人，怎么变得老奸巨猾了；当年那仗义诚实的年轻人，怎么变得唯利是图了；当年那谦虚好学的年轻人，怎么变得狂妄浮躁了；当年那精气神十足的年轻人，怎么变得萎靡不振了；当年那品德高尚的年轻人，怎么变成了贪官污吏了……

一个人际环境险恶的单位，一个充满是非冲突的单位，一个让人讨厌的单位，一定是人心复杂的单位。这不是单位本身的罪过，这是一种环境的罪过。是什么环境让一些人变成另外一种人了呢？这其中最大的原因，是道德沦丧。

——几乎没有一个单位和一个群体中，人与人之间不说坏话。说别人的坏话，已经成人们平衡心理，抬高自己的手段。我们自己，我们的领导，也已习惯了听人说别人的坏话，而且是那么喜欢听同事和下属说别人的坏话。听人说别人的坏话，是那么地快慰……我们在听别人，我们在说别人坏话的时候，总认为自己是真理和正义的捍卫者，不是道德问题。

——几乎没有一个单位和一个群体中，没有人不给人造谣甚至诬陷的。造谣和诬陷是随时随地的，捕风捉影的，无中生有的。一个工作几十年的人，几乎没有一个人没被别人造谣和诬陷过的，尽管有些是无足轻重的造谣和诬陷。同时，我们中的许多人，也处于不同目的，造谣和诬陷过别人。

——几乎没有一个单位和一个群体中，没有人不揭发别人问题的，虽然所揭发的某些问题是那么不值一提或者荒唐。但有些人总喜欢揭发别人的问题，并从揭发别人问题中，满足什么，得到什么。

——几乎没有几个落马的贪官没有情人的，没有女人问题的。这说明许多官员跟金钱，跟女人有种解不开的缘分。在道德和金钱、女人面前，有些人选择的是金钱和女人。这样的人，在官场里为数不少。

——几乎没有几个人为保全自己而不出卖朋友的，甚至出卖亲人。往往不出事是朋友，出了事是利益人。为了自己的利益，朋友、亲人的份量轻似鸡毛。

这是夸大其词的概括吗，而仔细琢磨我们机关里的某些人，好像这样的归纳又不过分。这些现象不仅存在着，而且像病毒一样，在一茬茬人中传染。谁都想消灭这种病毒，但有些医生也患着这种病。

这些道德的缺失和沦丧，文革时期被赤裸裸发挥到了极致。即使是血肉相连的父子，手足之情的兄妹，同床共枕的夫妻，情深似海的朋友，都有可能会发生相互检举揭发的事情。政治的狂热，把道德沦丧理解成了思想进步与追求人生价值的体现，且成了社会的时尚。于是出现了全社会人人相互提防、人人自卫的局面。这些行为，无论是出于政治的需要，还是社会的需要，无论是出于个人的被动还是主动，它都极大地破坏了人的起码道德，导致了人性的沦落，它深刻影响着今天和今后人们的道德思想。

一个单位里人际关系为什么复杂，人与人之间为什么那么多是非、怨恨？人际间道德的缺失，可说是诱因和主因。有一主管，苦想单位的混乱怎么治理，建了若干制度，但是没有道德品质的群体，制度的效力是脆弱的。而这一点，许多管理者不以为然。

那么多官员为什么如割韭菜一样“前腐后继”？那么多官员为什么栽在了情人手里？说是制度的缺失，更是道德的缺陷和丢失。一个贪污几千万、上亿元的人，一个有数十个情人的人，一个靠买官一路高升的人，一个用尽心机踩着别人上的人，一定是一个没有了道德底线的人。每年有数千名官员落马，有数十万官员因腐败被处理，谁来为他们沦丧的道德买单？

如今对做不光彩的事，感到羞耻的人越来越少了，是因为许多人的脸皮越来越厚了；如今善恶的分辨越来越含糊，高学历的人多而德行越来越差了，是因为许多人把道德不当回事了……

如若整个社会道德观念、道德意识、道德行为在滑坡，意味着什么？这是个可怕的问题。我们的道德如何，我们整个社会的道德风尚如何，需要每个人深思和承担起责任。

道德的沦丧，道德的模糊，道德的丢失，这样的人越来越多。尽管机关里或社会中的大多数人的道德是高尚的，社会主流是有道德的，而一些人道德底线的崩溃，让人担忧。

我们既要做利益人，更应当做一个道德人。如此，机关里，商场上，社会中，会少去多少人与人心血的消耗呀。

5. 会做父亲的时候

父亲帮儿子，儿子笑了。儿子帮父亲，父亲哭了。

——一位父亲的笔记

好些年不记得“父亲节”了，收到女儿从异地发来的祝福短信，尽管只有十余个字，但我的眼睛潮湿了，好像女儿给自己寄了件贴心棉袄或一笔永远渴望的钱，感到这个世界上，在自己忘却的节日里，有人亲切地叫你爸爸，是女儿想念父亲的体现，心里暖融融的。好些年不记得“父亲节”，是因为我没有父亲快十年了。我有十年没叫过爸爸或父亲这个称呼了。事实上从父亲去世的那天起，我已经没有叫谁爸爸或父亲的权利了，这个必须对一个活生生的人称呼的权利，被上帝拿走了。十年来没有父亲的生活，已让我久违了爸爸或父亲这个词了，所以每当女儿叫爸，又喜悦又酸楚。喜悦的是有人叫我爸，酸楚的是我不能叫谁爸了。

女儿的祝福短信之所以让我眼睛潮湿，是因为过去在父亲节很少听到女儿的祝福。小时候也许她没有这个节的概念，长大了忙学业忙事情也许忘了。去年和今年记得“父亲节”并祝福，虽然仅仅是短信，说明她记住“父亲节”了。女儿想念父亲，祝福父亲，这也算是回报，做父亲的当然是感动的。还有一点酸楚，是来自我内心深处的，那就是自认为自己不是一个合格的父亲。

合格的父亲是什么样的？在女儿第一次跟我对着干，我在她屁股上打了巴掌后，受到的强烈指责是，你不是个合格的父亲！这话刺激得我快要栽跟头了。什么样才是合格的父亲，打了孩子屁股就不是合格的父亲？我们不都是父亲打屁股打长大的吗！我对这种谴责十二分地恼火，认为这种谴责是对父亲尊严和地位的蔑视与践踏。因为我从父辈和很多父亲对孩子那说抡就抡的绝对权威的巴掌里，从他们训斥孩子绝对权威的口气里，我得出了牢固的观念：父亲是长辈，父亲是有权利打孩子巴掌的。所以认为在女儿极度对抗，犯了让人气愤之极的错误时，只有训斥和巴掌，才能让她改正错误，尽到一个父亲的责任。女儿反抗说，你没有打孩子的权利。我说做父亲的有这个权利。尽管教训女儿的结果是对父亲情感的对立，是女儿对父亲的记恨，是做父亲内心连日的伤痛，是夫妻间的摩擦，但我仍固执地认为，打巴掌是做父亲的天经地义的权利。

我不是一个粗暴的父亲，也不是不知道巴掌对孩子的伤害，而在孩子的错误和顽固的父亲权利感下，我在她直到成人以前，是打过她几次屁股的。其中有两次的巴掌，让女儿很伤心，也使我很伤痛。一次是她十岁前学小提琴的时候，由于极端抵触和对抗学琴，我打过她屁股。这件事情，我在散文《向女儿道歉》中写过。女儿对抗学琴的事，直到现在看来，我认为她不学是错的。

因为考到了四级，再努力就拿到八级证书了。拿到八级证书，考大学就可以按特长生加分录取了。那几年，我为了她学琴，可以放下单位的任何事情，风雨无阻地陪她、接送她。有一天，她居然抗拒学琴，坚决不学了。给她讲了多少学琴对将来考学、生活有多少好处的道理，但她还是坚决不学。我打了她屁股。打得很痛，她哭了好几个小时。但最终还是放弃了，因为逼她学琴，给她带来精神压力，她生病了，住了好几十天医院。

女儿生病住院的其中原因，与我那几个巴掌有没有关系，有多大关系，不好说，但我受到了女儿很久的记恨，而我仍然对她强硬地说，父亲永远有打自己孩子的权利，不管女儿到多大年龄！女儿不服。我说过，我直到她成人前都不会放弃我的这个“父亲权利”的观点。因而，在她十七岁的时候，由于跟我顶嘴，毫不让步地顶嘴，我打了她屁股两巴掌。这两巴掌，导致了她同我之间的隔阂，隔阂持续了好几年。这个隔阂，直到她大学毕业，懂了很多道理后，才渐渐消除。当然这是父亲那两巴掌的错。

那几次巴掌究竟是不是父亲的错，父亲该不该打孩子，父亲有没有打孩子的权利，直到今天，我虽然从道理上明知它是错的，父亲没有这个权利，但对此又很矛盾。我问女儿和自己，没有那几巴掌，做父亲的气疯了怎么办？不抡巴掌，有什么好的办法解决女儿的问题？女儿说，办法肯定有，打人说明你不会做父亲。我想那个情况下，我不抡巴掌，再没有什么好办法了。我知道，直到女儿长大，我也没有学会怎样做父亲。

没有学会做父亲的方面，除了有粗暴行为，还有更主要的，那就是不会跟女儿做平等的朋友，不会跟女儿平等交流，不会成为让她开心的玩伴。作为父亲，我长期以来总认为，给女儿创造优越的生活条件，让女儿吃好穿好就尽到责任了。所以在直到她上大学之前，我的时间，我的精力，我的生活几乎都放在了事业和前程的拼搏上，很少带她玩，很少跟她更多地交流。女儿对我虽有多方面不满意，但这个父亲就这样当过来了。

女儿转眼到二十四岁，我也快五十了。女儿真正成人了，虽仍有孩子气息，也会犯错，可那是成年人的错，这几年我几乎不再训斥她，更多的是从她的角度化解我的不解。如此一来，女儿越来越懂事了，也越来越可爱了。女儿真正长大成人了，出门知道惦记自己的父亲了，仅仅是一条祝福的短信，就让我眼睛潮湿了。女儿大了，我也老了，女儿喜欢自己父亲了，我终于知道了我过去的一些固执和偏颇，明白了怎么当父亲的一些道理。这些道理，其实很简单。遗憾的是，会做父亲的时候，孩子大了，我也快老了。

6. 寻找失去的快乐

小时候，有一年过春节，爷爷和父亲分别给了我四毛“压岁钱”，一毛一毛的，加起来四张，这是我口袋里装钱最多的一次，我数了一遍又一遍，盘算着明天进城买些什么自己心爱的东西，想来想去，竟高兴得没了瞌睡，我觉得我是最幸福的人。初一清早，我兴奋地去约小朋友进城，我问他，你得到了多少“压岁钱”？他说一元。我说你父亲怎么会给你一元钱呢？他得意地说，我父亲有钱。他家好几个人在挣工资，他家比我家富有。同样是过年，同样是长辈，人家的父母给他一元，我仅得四毛，他凭什么比我多六毛钱！本来对进城满怀兴奋的我，因为小朋友的“富有”，让我郁闷和生气起来，居然埋怨起了父亲和爷爷的“小气”。那一天进城，甚至整个春节的日子，我为我口袋里比小朋友少六毛钱而耿耿于怀，很不快乐。这之后的每个春节，我一次也没有得到过多于这位小朋友的“压岁钱”，这让我隐约地“恨”起了我那小朋友的父母来，他们为什么比我们有钱！

女儿是从一岁起就有百元大钞的压岁钱的。记得她三岁的那年春节，得到了好几百元“压岁钱”，已经大概知道钱是怎么回事的她，别人给她钱的时候，总会笑出声来，那是一种幸福的笑。再后来，随着她渐渐长大，她得到的压岁钱一年比一年多。待到上初、高中后，每年会得到上千元压岁钱。虽然“压岁钱”一年多过一年，但我从女儿脸上没有看到，一年多过一年的欢笑。我曾问她，你一年的压岁钱比爸小时候的多几百倍，你高兴吗？她说，我们班有的同学每年都是上万块“压岁钱”。一千多元跟一万元比，那是十倍的悬殊，说这事的时候，女儿脸上没有快乐感。显然，女儿跟我小时候的情形一样，她对获得的满足和快乐，让别人的富有“挤”走了。我不可能因此每年给她一万块钱的“压岁钱”让她兴奋，我若要给她那么多钱，那是害她。

我的一位朋友两口子大学毕业后劳苦多年，买了一套一百二十平米的房子，全家从此搬出了窄小的蜗居，感到生活充满了幸福。

但有一天，忽然看到有个熟面孔的人，从他楼前的别墅走了出来，并且开着一辆宝马。这个熟面孔的人，原来是他中学同学。他的这位同学上学时学习很差，没读完中学就混社会去了，很多年靠收“破烂”赚钱。这让我的朋友夫妇非常吃惊，在他们看来一直是“混混”的这位同学，不仅“混”上了别墅，而且开上了宝马，真是不可思议！

面对出入于楼前别墅、开着豪车的同学，我的朋友说，他心里不是个滋味。我发现，我的朋友从看到他的那位住别墅、开豪车的同学的那天起，对于新房、新家没了过去的那种满足与兴奋感。他那住新居的幸福感，从此丢失了。

那么，住别墅的富翁、有钱的富豪、职场的高官，是不是他们在豪华舒适的房子里数着钞票、品味着官衔，每天都在偷着乐呢——我与我朋友的这位同学聊天，我夸他的别墅好，他却说一般。他说，在这别墅小区，我是最没钱的人，我这房子面积是最小的。可不，在这别墅区里，他这房子的确是最小的。他跟别人比，他是有理由不快乐的——我与每年收入几千万、拥有一亿元资产的朋友聊天，我夸耀他是业内杰出的富翁。他说这点钱算啥，我公司旁边的老总，“出道”比我短、年龄比我小，早已超过两个多亿了。我从他脸上看不出他成功后面藏着的快乐来——我与一位将军老乡聊天，我说你的官做得很大了。他说，大个屁！我的几个比我资历浅的下级，现在已到中将了。金灿灿的将军章，没有使他感觉到十足的快乐。

这是现在社会中，活得相当“体面”的人的快乐感现状。有经济学家和社会学家说，近几十年来，人们的物质财富比过去增加了十倍，而幸福感却没有增加，反倒在下降。我不解，我们的快乐感到哪里去了，快乐感为何这么容易丢失？

很长时间以来，我把这种现象归结为人的“嫉妒”心在作怪，后来与一位智者交流，才发现我对这一现象的认识一直是肤浅的。这位智者说，没有快乐感的原因，是“仇富心理”在作怪。在社会上，人有了钱，就会变成众矢之的，就被剥夺、被侵犯。这一传统几千年没变，而集中反映在“文革”的时候。九亿人彼此监督，不让任何一个人变富。谁也不敢变成富人。万一变成富人，不但自己被整、斗，连子女都上不了大学，不能参军，不能入党。其结果是，把中国变成了一个彻底的穷人国。的确，我们没钱的人不但看不惯有钱的人，连有钱的人也看不惯比他更有钱的人。

我曾经面对有钱的人，我很少关注他有钱的后面，付出了多少艰辛，成功的秘诀是什么，值得我欣赏的地方是什么。我往往会琢磨他的钱是从哪里来的，甚至会给他们下这样的结论：

一定是有“偷鸡摸狗”的成分！

我曾经一面对有钱的人，立刻产生距离感，会闪现“为富不仁”“男盗女娼”“铜臭”“大款”等咒骂和贬义词来。

我曾经面对富人倒霉，有一种解气的快慰感，好像他们是偷了自己钱的人，希望他们越倒霉越好，倒霉的人越多越好。

面对富人，我承认我有种复杂的心态。长久以来，因我持有这样的心态，看到富人，看到比我有钱的人，我会不痛快。即使现在过着丰衣足食的日子，我也不痛快，因为身边比我有钱的家伙太多。

我曾经想过，人这一辈子，是为钱而活呢，还是为快乐而活呢？总认为，财富是最大的快乐。但待有钱了，我感到仍然不快乐。

我请教一位智者。他说，人生追求的最大目标是幸福，或者称快乐。财富并不是我们追求的最终目标，快乐或者幸福才是最终目标。财富只不过是得到快乐的渠道之一。何况有时候财富不但没有使人快乐，反而让人陷入了痛苦。创造快乐是人生最大的学问，也是社会伟大的事业，再没有什么学问比它重要了，也没有比快乐事业再伟大的事情了。

我们到哪里寻找失去的快乐？智者说，只有消除仇富、妒富心理，才能回归内心的快乐。

这位智者的话是深刻的。我把这位智者的观点讲给我的朋友听，他的内心受到了震撼。他说，我们的快乐的确被自己的仇富心态“挤”走了。没有必要看到别人口袋里有钱就不舒服，甚至希望他立刻倒霉变穷。我们不能为别人的富有而喝彩，也没有必要因为别人富有而愤懑。这实质是拿别人的富有，为自己制造不快乐。是自找痛苦啊。

对于比我们富有的人，官大的人，我同我朋友从此转变了一种态度：宽厚和友善地接受比自己富有的人。自己跟自己比，不与别人比富有。在这样的心态下，我重新看待富人，我寻找到了失去的快乐。在这样的心态下，我的朋友与他住别墅的同学从此相处得很好，在他那位富翁同学的相助下，顺利地做成了几笔生意，很快变得有钱起来。他说，我得谢你，否则我至今也不会“正眼”瞧我那位“破烂王”同学呢，也不会有今天的财富。我说，我们都谢那位智者吧，是他让我们寻找到了失去的快乐。

7. 好好跟别人说话

老魏是位领导，他既有很多朋友，又有很好的人缘和口碑。我很纳闷，一个小科长，权不大，貌不俊，竟有那么多人喜欢他，让人不可思议。但我发现，他的朋友，大多是无求于他的人，也不都是酒肉朋友。怪了，老魏虽让人感觉挺好的，但好在什么地方，我想不出来。我问老魏，你做人有啥“道道”，让很多人喜欢你？老魏爽朗地说，有一点，就是好好跟别人说话。

什么叫“好好跟别人说话”？难道一个人没有很多的朋友，没有很好的人缘，就是没好好跟别人说话的缘由吗？老魏说，不全是。说话，是取得别人信任，与人平等相处，与人心与心相连的基础和桥梁。一个人拥有朋友的多与少，与社会地位、金钱财富、人格魅力确有一定关系，但不是绝对的，拥有朋友多少的更多原因，是做人，而做人又与是否对别人真诚地说话有关。你悉心留意那些朋友很多的人，人缘很好的人，很受人爱戴的人，大多是一些“好好跟别人说话”的人。

好好跟别人说话，不是见人说人话，见鬼说鬼话，是跟人真诚地说话，是在真诚做人基础上的说话。不要以为张嘴说话，人人都会，而真正会说话，真正能够跟别人好好说话的人不很多。好好跟别人说话，没啥深奥的道理，就是平等地跟人说话，认真地跟别人说话，友好地跟别人说话。

老魏的话牵出了我的感慨。不错，我们很少重视自己跟别人说话的方式和说话的情绪呢。比如言不由衷，比如心不在焉，比如居高临下，比如盛气凌人，等等。就我而言，不要说跟陌生人难得好好说话，就连跟自己的亲人、朋友、同事、熟人，也都很难做到好好地说话。由此我轻易地从别人身上找到了老魏那三句话的毛病，但我感到我要以此来写什么教训别人，实在是一种浅薄的行为，也是不好好跟别人说话的另一种鲁莽做法。我想，我还是从自己身上找它的踪影吧。其实，我曾是一个说话放肆的人。我就举我的一些丑陋现象吧。

我对自己的属下和比自己资历浅、学历低的人，一般不会好好说话。这是种什么心态呢？是官架子心态，是自大心态。我以为，对自己的下属和比自己学识低的人，来点“架子”比没“架子”好；来点自大比谦虚好。在我看来，“架子”可与人拉开距离，“架子”可“端”出“高贵”；自大可感觉不凡，自大可感觉良好。在有些人面前，搞点距离、清高、骄傲、卖弄、脾气，会让他感到你有神秘感、威严感，会让他敬畏你、佩服你。假如我跟他们好好说话，会降低我的身份，他们对我就会不当回事。

我不会以平等的身份跟部下和比自己资历浅、学历低的人好好说话。我说过，我在这类人面前会自然而然地有一种“架子”，一种自大感，往往我会以教训、教育、指导别人的语气和措辞跟他们说话，甚至会呵斥对方，尽管他的年龄比我大。你觉得你与我交谈，我跟你说话，我的毛孔都透着一种自大、高傲和无礼，让你感到在我面前自己很渺小、很自卑、很无知。你的这种感觉让我很开心。但是我不会在意你有什么“感觉”的。

我不会以认真的态度向部下和比自己资历浅、学历低的人说话。你们明白，我是一个自命不凡的人，你说话我可漫不经心，但我说话的时候，你必须认真地听，谦虚地听，哪怕你是我的前辈，不然我会不高兴的。你肯定觉得跟我交流很困难，很难把一句话说透，说明白，说到知心处。你在我面前会觉得很蠢，很痴，很卑微。对我而言，你的渺小就是我的高大，你的愚蠢就是我的聪明。我要的就是这样的心理效应。

我不会友好地跟我的属下和比自己资历浅、学历低的人好好说话。其实，我以高傲、自大的态度同别人说话，以敷衍了事、惜语如金的态度同别人说话，我以冷漠、刻薄、刁钻，让人不舒服的方式说话，你会感觉我没“人情味”，没修养，甚至认为鲁莽。我对你冷漠了，粗鲁了，你能对我怎样？你在我眼里压根儿没有多少价值！

这些都是我说话方面的坏毛病。你一定猜测我的官不小吧，官不大，只是个处级干部。一个处级干部竟有这么多坏毛病，那我要成局级领导毛病肯定比现在更多。好心的人一定会为我说话的粗鲁、浅薄捏一把汗呢，担心我会在领导面前如此这般。那你是瞎担心，我不是白痴，我怎么会在我的领导面前，有钱人面前，有势力的人面前，我有求于人的面前不好好说话呢。我在这类人的面前，我的表情是灿烂的，说话是热切的，奉承是肉麻的。说得形象点，准确点，自嘲点，就是哈巴狗讨好主人的那种媚态、声调，可爱里透着犯贱。因而，我对谁如何说话，说什么，我能不分彼此吗？

但我这不“好好说话”的毛病，更多的是我年轻时的毛病，当然有些毛病在我身上至今仍有，所以我没有老魏那么多的朋友。很长时间以来，我学起了老魏的说话和为人来，这让我越来越感到，平等地、认真地、友好地好好跟别人说话，既是对自己的尊重，也是对别人的尊重；既是一种素养，一种力量，又是做人的基础。

做人，少了“好好跟别人说话”这基础，路难行啊！这是老魏的话。我感到他这话，说得经典。

8. 这些很有意思的人

湖边的花儿香气醉人。在这秋日的下午，静坐在这花旁、树下，赏花、观湖，沐浴暖融融的太阳，真是滋养身心。这几天的秋色迷人，湖光水色景致如画，湖边坐满了人。我没有更多选择，只能坐在一个空地上。可是我的旁边，有人在一根接一根地抽烟，烟雾把香而清新的空气弄脏了，呛得人很憋闷。烟气跟湖边花香和清净的空气，是那样地格格不入，抽烟的人一点也没有意识到这一点，也不在意别人对他讨厌的眼光。

景色多好啊，空气难得地好啊，我希望他看在这美景和清新空气的面子上，放弃抽烟。但他没有放弃的丝毫动意，我只好挪个地方。找到了一个空地方，坐下来没多久，不料身边的汉子掏出一盒烟，也吞云吐雾起来。他的烟很呛人，我想再换一个地方，在这向阳的湖边，好像再找不到这么好的地方了。我向这位汉子说，这么清新的空气和美景，干吗要不停地抽烟呢？他并不生气地说，坐着没事干，不抽烟闷得很。我说，眼里有这么好的景色，应该心情愉悦才是，怎么会有烦闷的感觉呢？他说，嗨，不就是个湖吗，有啥美不美的……他抽完一根，很快又点燃了一根。我无言以对，也不能阻止他不再抽。因为谁也没有规定，坐在美景里是不能抽烟的。我看他没有不再抽的欲望，也没有离开这儿的迹象，我离开了他。我坐在了离湖边较远的地方，这儿没有人抽烟，没有人大口吐痰，没有人乱扔废弃物，也没有人大喊大叫，但不能与湖亲近，也闻不到湖边的花香，使得我的休闲，有了一丝不悦。我连续好几天想不通，他们为何在这花香和美景里抽烟呢？他们压根就不应该来这湖边，他们坐错了地方。

那时候，我们几家住一个单元房，几家人共用一个厕所，厕所不通风，很臭。也许是厕所的味儿太浓烈，邻居大王每当蹲坑，总要抽烟，一根接一根地抽，他上完后的厕所，浓烟滚滚，一时半会散不去，呛死人了。谁都怕在他之后进厕所，但解手的事既不能抢先，更是等不得的，况且你不进去，就会有人进去，那就得活受罪，只得硬着头皮去解决问题。

大家都怕进这个厕所，熏人的臭味不说，加上浓烈的烟味，会把人呛得想要呕吐。我尤其讨厌这臭气和香烟的混合味，每次如厕无不痛恨大王这浓烟味。我觉得大王很愚蠢，怎么会在臭气熏天的厕所里抽烟呢？他想用烟味改变厕所的臭味，这简直是自欺欺人的事。烟气与臭气掺和，吸进肺里，两毒相害，那不是害人害己吗！我对大王说，你为什么要在厕所抽烟呢？害得我们受了臭味的熏，还得受你的烟熏。大王说，我实在难以忍受这厕所的臭，抽烟会让我感觉好点；不抽烟我“蹲”不住，也解不出来。我说臭气有毒，你的烟更有毒，你这是要害我们呀？大王说，没那么严重，烟气杀毒呢。不让抽烟我拉不出来……

有什么办法呢，大王不认为在厕所抽烟是公德问题，也不认为在厕所抽烟是对身体毒上加毒，他感觉很好。对于大王上厕所时的猛烈抽烟，大家也不好为这事撕破脸跟他吵，同住两年时间，大家都因厕所的烟味深受其害，有的人得了咽炎，有的人慢性咳嗽加重。至于大王，他的慢性支气管炎也有加重，尽管根源在于长期抽烟，但在我看来与在厕所猛抽烟有很大关系。因为他搬进这个单元时，他的病没这么严重。

我去给远方朋友的父亲送药，他得了气管炎和肺气肿，咳嗽得非常厉害，有时一声接一声地咳，有时咳得喘不过气来，但只要咳嗽稍停一会儿，他就会抽烟。抽几口如若咳嗽了，就把烟掐掉，不咳了再接着抽。他咳嗽的时候显得很痛苦，而抽烟的时候又显得很惬意；他一边放着药瓶，一边放着香烟，这种养病的方式很特殊，使得我对他的病又同情又矛盾。

抽烟损害气管和肺，烟是他这病的大敌，一边吃药一边抽烟，这病能好吗？他的咳嗽刚停下，又点起了烟。我几乎生气地对他说，抽烟是你这病的大忌，你边吃药边抽烟，吃药还有什么用呢！他说，抽了几十年烟了，不抽心里憋得很。我说，抽烟会加重你病的。就你现在的病情，即使你把烟戒了，也很难一时治好，但你要抽下去，那病会很麻烦。他说，抽烟会舒坦一些……

朋友的父亲病情加重了，他让我替他送药，我实在不乐意见他父亲，因为我多次劝他不要抽烟，不然白吃药。我的话说了几箩筐，但没起任何作用。我有点讨厌他父亲，他的病那么重，远方的儿子不断给他寄钱，又让我给他搞好药，我感到他对不起他儿子，也对不起这贵重的药。

后来，我的朋友让我给他的父亲送药，我就托别人送去，我不想见他父亲，我觉得他很愚蠢，愚蠢得一点也不值得可怜。

正巧，在写这些事的时候，收到了一条朋友发来的短信，叫“城里人的辩证法”：

出门打的，乘电梯上三楼的健身房，然后在跑步机上挥汗如雨。半夜上网，去歌厅、舞厅，困了不睡觉；之后失眠，再吃安眠药。管儿子叫“小兔崽子”，管宠物叫“儿子”。挑最有特色的饭店吃饭，吃最可口的美食，端着酒杯，大谈肥胖对人体的危害。手机里存有几百个人的电话号码，没有一个是邻居的。眉毛是描的，双眼皮是割的，鼻梁是垫的，嘴唇是纹的，胸脯是垫的。爱情在自己的电脑里，老婆在别人的电脑里。建广场时把大树砍掉，再建一片水泥假山和树墩子。追求越来越高，谋高职位，穿高级服装，住高级住宅，坐高级轿车，吃高级饭店，患高血脂、高血糖、高血压。用排骨喂狗，吃乡下喂鸡的野菜。到影楼拍裸体写真，回家穿睡衣睡觉……

湖边的花儿在斜阳下格外迷人，抽烟的人终于走了，我又回到了我最喜欢的那棵树下，坐在这美丽的花儿、湖水旁，静静地享受这美好的景色和时光。我为那些坐在空气清新的美景里抽烟、狂啸的人而惋惜，他们与这些美好的地方，是多么不相宜啊！

9. 尊重比给予更重要

接受给予和得到尊重，同是人的身心需求。哪个更为重要？当然两个都很重要。给予是雨天的伞，给予是寒天的衣，给予是饥饿时的面包；尊重是精神的屋脊，尊重是人格的存在，尊重是高贵的体现。尊重和给予，是两个让人幸福和快乐的天使，如若有人能够同时得到，那人便是幸运的。但给予和尊重，却往往与你的渴望有距离和偏差。常常是，你得到了给予，却失去了尊重，得到了尊重，却失去了给予。这是由于许多“给予”，不是无私的，纯洁的，它缺乏高尚的内涵和情怀。对于给予和尊重，如果让你选择其中之一，你会选择哪一个？这也许很难选择。一个是温暖，一个是尊严。尤其是一个人处于困境和被动的时候，此时的给予，是阳光，是出路，如若拒绝，就等于选择了困难和尴尬。既然人离不开别人的帮助和给予，那么，一个人在困境中，给予别人，接受给予，“尊重”这个高尚的东西，是不是不重要了？是不是可以忽略和抛弃？那么，尊重和给予，究竟哪个重要？对于一个人格健全的人来说，尊重比给予更重要。

这是发生在国外的一件事。大约三岁的时候，他的父母双亡，他有幸得到了一富翁资助，从此使他衣食无忧并顺利完成了学业。但在他成长的过程中，常有媒体对他追踪报道，富豪资助的事迹也便时常见诸报刊电视。大学毕业在即，又有记者来采访他，问他怎样感谢资助人。谁料，孤儿语出惊人："不，我不感谢他。贫穷是最可耻的事，他用我的贫穷换取了荣誉，我们是等价交换。"富翁和孤儿，似乎都受到了伤害。

身边，我们也时常能够看到很多这样的"给予"。官员助贫，送去米面，送上"红包"，但都要上电视、见报端，把现场的贫穷和贫者的"感动"情景宣扬出去；升职、分房、出国等好事，领导给了谁，但都要卖好——"这是我给你办的"，把此"恩典"归到他的名下。因而，就在某地出现了面对领导"给予"，贫困老汉"堵"记者摄像镜头，愤然不要施舍的难堪局面；因而，在机关常出现有人宁可不提职、不要"好事"也不去"叩头"送礼的自尊者。可以说，老汉内心尊严的反映是深刻的，机关中那些为利放弃"叩头"者的人格是高贵的。他们感到了尊严与得到，究竟哪个分量轻哪个分量重；他们感到了"给予"别人的与其说是利益，不如说是屈辱。他们维护了自己不可丢失的尊严，这是令人尊敬的。

得到，固然是重要的，但给予的前提，应当是尊重。孤儿不感激资助他成人的富翁，反倒恨他；老汉不感激送物送钱，反而产生愤慨；领导为部下办了好事，反遭鄙视。"给予"为何成了让人讨厌的事情？因为这样的给予，是施舍的给予，功利的给予。这样的给予，是畸形的、虚伪的、苦涩的。它让人得到的不是关爱，而是失去尊严，获得屈辱。

在我们的生活中，当然不乏高尚的给予，而且很多。他们心地纯真无私，他们助人发自内心，他们付出不图回报。他们甘愿默默无闻地给予，他们甘愿把爱心化作清泉、化作甘露，流入他人干涸的心田。因而常常听到有人苦苦寻找恩人，感谢恩人、好人的动人故事。我为这些内心高尚、心地无私的人祝福。

我们为什么要让人回报给予呢？为什么把给予当作对别人的恩赐呢？因为我们缺乏对尊重的理解。

给予，是心与心的交流，给予，是人与人平等的表达。把给予中存在的施舍，把给予中存在的私利，把给予中存在的渣滓，祛除出去，让给予体现对人的尊重，让尊重融入更多的给予中，那么“给予”，将不仅仅体现的是一种利益，它将包含莫大的高贵。

10. 与玫瑰的私语

想起了那束玫瑰，那束曾经送给女朋友的玫瑰。它的刺很锋利，扎了我的手指，刺尖断在了肉里，钻心地痛。我把玫瑰送给女友时，指头在流血，且痛得让我脸上有了不自然的表情。扎玫瑰的丝带，滴上了血，女朋友一眼就看到了。这带血的玫瑰，使得她既感动又惊恐。扎刺的手指，还在流血，越来越痛。她要帮我包扎，我说刺还在肉里。她帮我挤，挤出来的是血，没挤出刺。看来刺扎得很深，她已无奈，我自己挤。我使了很大的劲，挤出来很多血，把指头的肉都挤青了，仍没有挤出刺，好像刺尖却钻得更深了。只能用针从肉里挑了，挑开了很大块肉，才把那根扎得很深的刺挑拨出来。这尖锐的小刺，为了取出它，让我受了不小的疼痛。我埋怨起玫瑰来了，也埋怨起卖玫瑰的人来了，这么娇艳高贵的花儿，怎么会带着刺呢，这么好的花，是男人女人手里的传情之物，怎么不把刺去掉，而带着刺卖呢！转而一想，又有了一丝宽慰。这刺，幸亏是扎在了我的手上，要是扎到女朋友手指上，要是扎这么深，流这么多血，受这么大的痛，那这玫瑰的作用，也许就反了。这美丽的玫瑰，这该死的刺！

我跟玫瑰有话要说。我跟玫瑰私语了一番。

我对玫瑰说，你这么华美而柔情，为什么身上要长锋利的刺呢？你看你，人们都把你当作爱情的象征，当作情爱的载舟，男士那么崇敬你，女士那么喜爱你，你让天下男士捧着，天下女士吻着。你的艳丽让男士心颤抖，让女士心燃烧，你是温柔和情爱的化身，你怎么会长刺呢？

玫瑰说，人们欣赏我的美丽，我很荣幸；我有刺。是为了保护我自己而长的。我是供万物观赏的，不是让谁随便采摘的，谁采摘，谁就会被我的刺扎，我是正当防护，这是理所当然的事，不能怪我玫瑰。我玫瑰长刺，不是我的错。

我对玫瑰说，人们喜爱的很多花，都不长刺。你身上的刺，与你美丽的面容不相符，你让人有了惧怕，这何必呢？

玫瑰说，所以人们称我是“带刺的玫瑰”“刺儿玫”，这是人们的偏见。我的刺，没有长在花朵上，而是长在茎干上，这并不影响我花容的美，也不影响人们欣赏啊。刺会扎你的手，可我的刺没长在暗处，而在明处，小心点是完全扎不着的。人们不应当讨厌我有刺，相比之下，我比你们人光明磊落多了。你们人，外表虽没长刺，但心里有的是刺，有些人满心眼的刺，不是比无比锋利的刀还要快吗？

玫瑰问我，你心里有多少刺？恐怕你的“刺”比我的还要多吧！

我对玫瑰说，是人都会有毛病的，甚至有“刺”。有的刺，是会攻击人的。

我有多少“刺”呢？我想了许久，终于可以回答玫瑰了。我坦诚地告诉玫瑰，我有毛病，比如，比如，比如……且这只是毛病，而成为不了“刺”。

玫瑰说，你的毛病，是不是“刺儿”，得让别人评价，也得让事实来检验。有刺不怕，刺长在光明之处，刺长到无私境地，没什么不好，就怕长在阴沟里，就怕长的是毒刺。你们人中，刺长在阴沟里，长毒刺的人不少。阴沟里的刺，让你防不胜防，毒刺，不但伤人还会要人命。

玫瑰又说，我被你们人誉为是浪漫、多情、圣洁、高贵的化身，不敢当呀，因为我身上有刺，刺是缺点……可捧着我的人，用我打动芳心的人，又有多少是心地浪漫、多情、圣洁、高贵的人呢？有些人，只是拿我的美丽，哄骗人而已……

我与玫瑰私语一番，在它美丽超群的风姿中，本想探讨为何长有芒刺的秘密，却惹出了它对人的看法，没料到有些看法听起来还很刺耳。玫瑰还有很多话要说，对人有很多看法还要道，我打断了它的话，不让它再说下去了，怕它再要说下去，不知还要挑出人的多少刺来，说出人的多少毛病来，那就让人太难以接受了。

玫瑰这柔美而火辣辣的性格，也许正是它美得让人心跳的缘故吧。

我完全接受了玫瑰的刺。在我看来，玫瑰虽有锋利的刺，虽是人们喜爱的花儿中少有的刺花儿，虽不止一次扎过我的手，也不知扎过多少人的手，而我却不讨厌它，好像也没听说女士们讨厌它。我喜爱玫瑰，我认可它的刺，它的刺，不是缺点，是高贵的事物必须具备的尊严。

带刺的东西，是让人讨厌的。人们不讨厌玫瑰的原因，是它的刺长在明处，长在茎干上，没有长在花朵上，如若长在花朵上，那就令人讨厌了；不讨厌它的刺还有原因，它是为了正当防护自己才长出刺的，这不是它本身的缺点和毛病，反而是优点呢。

我终于弄明白了一个是非和道理，玫瑰扎了我的手，不是玫瑰的错，是自己的大意。玫瑰有刺，人们责怪玫瑰，玫瑰扎了手指，人们责骂玫瑰，这都是人的毛病。

后记

情不自禁的文字

《熟悉的陌生人》是近二十年来的随笔作品。漫长的时间，也增厚了内心感悟世界的土壤，但没有变的是表达的初衷，对美的追求。因而，色彩斑斓的篇章，力求从人生的观察到对事物的感受，从内心的感悟到生活的体验，从点滴的事理到对世界的感知，表达追求纯净而美好情怀的渴望。也力求以丰富的内涵，高远的视角，饱满的情感，表达多彩的思绪和人生的深切感悟，力求使文字清新而透出高尚大美，也力求成为给人以启迪、思索、激励的具有思想和艺术美的作品。这些跋涉和探索，给身心带来的是愉悦和慰藉，也升华了思想的境界。

仰望星空的蚕

文学艺术，是心灵的光亮。说文学艺术，想到了蚕。春蚕到死丝方尽，留赠他人御风寒。蚕吃桑叶，吐出晶莹剔透的丝，丝轻得像云朵，鲜润得像花瓣，滑爽得像少女肌肤。丝织罗、绫、纨、纱、绉、绮、锦、绣等尤物，织皇袍，织旗袍，织嫦娥仙女的裙摆和心爱，织衣织巾织手帕织绣球织绣鞋等雅品和凡物。丝织什么都超凡脱俗。丝绸是世间最富梦幻般意境的神赐之物。

丝绸华贵而浪漫，把它喻成云，喻成霞，喻成虹，喻成花，喻成仙雾，喻成美玉，喻成凝脂总不为过。蚕吐完丝，变成蛹，化为茧，结束一生，留下的是让人无尽的联想。蚕吃桑叶，是为了怀丝，怀丝是为了吐丝，吐丝是为了作茧，作茧是为了自缚。蚕吃桑是愉悦的，蚕怀丝是愉悦的，蚕吐丝是愉悦的，蚕作茧是愉悦的。蚕作茧自缚也是愉悦的吗？想来它是悲苦的，也是欣慰的。蚕一生在表达着什么，又意味着什么呢？蚕在表达诗意的一生。它的诗为丝，被人赋予无穷的颜色而流光溢彩，丝品尽显物宝天华之美。于是就让人想，蚕是诗人，它的一生是仰望星空的，它是以心仰望星空的，不然它的作品为何那么纯粹、高雅、唯美呢？

这好像是在赞美文学艺术家吗？优秀的文学艺术家可真似春蚕啊，他们若蚕吃桑叶般纯朴生活而“吐”出闪亮的诗文，诗文“吐”尽了，气血耗尽了，容枯了，肌瘦了，背弯了，只剩皮包骨头，最后死在自己码起的书山里，死在自己酷爱的书稿上。

然而，农民、工人、知识分子是劳动家，文学艺术家也是劳动家，所有劳动者都是“蚕”，在吐芬芳世界的“丝”，只是他们吐的“丝”品质不同而已。其不同，总是与仰望星空高远密不可分。那是纯净，雅致，高远，宽阔，无私等人生境界的不同。要有这样的境界，需有纯净的内心和雅致的情趣，方能超凡脱俗，方能如蚕以寻常桑叶为食，以素雅为食，汲取精华，吐出高贵，化蚕成诗。

文学艺术，是仰望星空之门，是走向文明高贵的心灵之门，也是让人想象美好，向往美好，追赶美好、享受美好的灯盏。没有仰望星空的诗意情怀，没有照亮人生内心的灯盏，没有“蜡炬成灰泪始干”的燃烧，是不可能为“蚕”成“茧”的，更不能吐出华美的“蚕丝”。没有蚕的境界，坐在高处迷茫，拥抱金钱苦恼，口嚼美食无味，看到灯光无亮，坐在花间无香，美人相伴寂寞。那我们的人生就没有诗意，也不会发出生命的光热。

有位古人说：“要是没有花、月和美人，就不愿意活在这世上。”清朝雅士张潮对此说：“无花月美人，不愿生此世界。”他还对此加了一句：“要是没有文章、书画、围棋和美酒，就没有必要一定托生为人。”还有智者说，枉自托生为人活在这个世上的人，迫切应该深加反省；要是没有豪杰之士与文人，也不需要有这个世界。

因而，无知无识、无趣无味的人生，是缺乏意义的。做那仰望星空的蚕吧，不一定成为文学家和艺术家，做一个普通劳动者就好。无论做什么，能够脚踏大地，眼望远方，不踩空，为世留香，哪怕是淡淡的一缕香也好，那也会是真正的“蚕”，诗意人生的“蚕”。

那我们得仰望星空，那我们得回归心灵。像蚕吃桑叶那样不停地读书，像蚕那样以终生精力为世间吐丝。那就让我们以书为友吧，那就让我们以文学为伴吧。这以蚕为喜的文字，表达了我对文学的敬仰和热爱。

寻找金色的草绳

当你无助、孤独、痛苦至极时，会有根金色的草绳，或是一双无形的玉手向你递或伸来，这是天使抛来的绳，是女神伸来的手，这绳和双手，就是文学。你发现文学这绳和手，可以把你从无助的孤独的痛苦的境地引向欢乐谷，也会把你从无助的孤独的痛苦的地方引向百花园。

而一个心存善良的真正的孤独而痛苦者，总会有金色的草绳和女神的玉手垂青的。佛渡有缘人。你与文学有缘，文学之神就会降临你的心灵。真是要感谢文学，她拯救无助的、孤独的、痛苦的灵魂。真不认同“文学已边缘化”的论说，这是对文学的误读。只有被文学边缘化的人，没有被人边缘化的文学。文学永远是神，神在高处，神只能边缘与她无缘的人。一位文学智者说，文学如果沉默了，清高的人便会腐败；如果倒下了，便给清高的人留下一片精神的废墟；如果堕落了，清高的人会失魂落魄。为内心而纯净清高的人，是高贵的清高。文学怎么会被边缘化呢，而文学正在被失去或者没有高贵灵魂的人推向边缘化，实则是把自己推向边缘化。

文学是弱者，孤独者、无助者，苦痛者的救命绳草吗，有钱人、有权人似乎这么说，痴情于文学的人也这么以为。文学，真是天使和女神向弱者、孤独者、无助者、痛苦者抛来的金草绳和伸来的玉女手吗？文学人会这么看待。那么谁又是弱者，谁又是孤独者，谁又是无助者，谁又是痛苦者呢？那会是平民百姓，也会是帝王权贵；那会是穷人乞丐，也会是富豪大亨。文学是精神的花神，这精神的神灵，从来不是势利眼，但她是上帝，倒是尤其钟爱那些善良的弱者、孤独者、无助者和痛苦者。那么谁又是弱者、孤独者、无助者和痛苦者呢？那是感到大千世界的珍宝也不重要的人，那是在歌舞升平里仍觉孤独的人，那是在美女如云里也感寂寞的人，那是被权贵与金钱和友情和爱情抛弃了的人，等等。那又何以成为了弱者、孤独者、无助者和痛苦者呢？除了愚蠢、愚昧、孤僻、无知者外，那定是不愿与庸俗为伍，不愿向侏儒低头，不愿给权贵下跪，不愿向卑鄙妥协的清高之人……这清高之人，是思想的清醒者，灵魂的独行者，内心的清净者，精神的高贵者。

因为你清高，你就会无助。你的清高不是错，清高是保持高贵的无奈选择。错在你在一个浑浊的环境里，在一个荒诞不经的群体里，在一个自私与冷漠的圈子里。你选择了清高就选择了无助，选择了清高就选择了边缘，选择了清高就选择了孤独，选择了清高就选择了痛苦。这是你心存良知，选择纯净，冷落庸俗的结果。

更多人为了一官半职和金钱而鞠躬下跪，也为了一官半职和浮财而精神跪地，那文学就离他而去了。更多的人为获得一官半职和暴利而窃喜，也为了一官半职和浮财而陶醉，那文学就离他远去了。有什么办法呢？这些人的内心装不下文学，他们不需要文学，也不屑文学。他们追捧权钱，他们享受无穷的放荡，他们扼杀文学人的内心。他们让文学做犬儒，拿文学做玩物，你的文学的心，被逼做犬儒。他们在用权力和金钱表演自己，他们把权力和金钱玩成了精彩的文学故事。他们的故事太复杂，太离奇，且太丑恶。你想逃跑，远离他们，但你跑不掉。其实你跑到哪都一样，这样的人对文学早已另眼看待。你的周围多有这样的人，而你与这样的上司和群体保持距离，甚至保持着倔强的也有可能是最后的清高。尽管这是最后的清高，也是快要坚持不住的清高，但你还在可贵地坚持。那你的清高是不合时宜的，更是让人很讨厌的，甚至是难堪的。

可惜的是，这样的清高之人越来越少，连那些曾经清高多时的人，也被金钱、权力、富贵引诱、胁迫、俘虏走了。在前些年里，好像社会与生活的任何一个环节，都在引诱、胁迫、俘虏坚守清高的人，好像社会与生活任何一个环节都与清高格格不入了。你早已坚持不住了，你已被逼迫得几乎投降了，但你还是坚守了你最后的清高。坚守清高而拥抱文学的人，活得就很无奈、困惑和尴尬，甚至痛苦。因而，没有伸过来的手，没有垫起脚的石，没有过河的桥，没有攀山的路，也少有对你的笑；身边的人是那么冷漠，爱你的人又是那么厌你，知心的人又那么难觅；该你的好事擦肩而过，非你的劳苦挥之不去，眼前的目标虚无飘渺……这不是你的错，错在很多人思想堕落了，灵魂堕落了。堕落的灵魂，是不容清高的。

在一个充满荒诞的环境里，清高的人，那一定是这样的处境。你不想让自己的灵魂堕落到阴沟，你不愿让灵魂像幽灵一样飘荡，你在寻找自救的稻草，你找到了能够自救的金色草绳——文学。文学让你安静，文学让你慰藉，文学让你充实，文学让一个孤独的、失落的、痛苦的灵魂，找到了家。

你的心灵早已遍体鳞伤，你需用高贵的心灵药物疗伤，你发现文学是可疗伤的。那呼唤善良的文字，那歌颂阳光的文字，那渴望真诚的文字，是一个伤痛者的呻吟，也是一个清高者的呐喊。在这不停的呻吟和呐喊中，你在恢复受伤的心，你找到了孤独的快乐，你找到了回家的路，你从无助的沼泽里爬上来，文学助你实现了自救。

经历了一个荒诞不经的时代，幸运地进入一个荒诞不经将要见底的时代。清高将不再是异己，清高将使人脱离庸俗和丑陋，清高将是社会的主流意识，清高将成大多人认同的美德，清高将使人们走向高贵。这样盛世的到来，不知要使人有多高兴，高兴得简直无法表达对它的喜悦。盛世，是可以拯救失落的心灵的，这比文学的拯救要更直接更伟大。因为盛世里的公平、正义、和谐、文明，是清高者的渴望，也将使清高者找到归宿。有了这样的归宿，那么清高者，也就不再浪费笔墨写呼唤它的文字了。那么清高者的文学，将会追求柔美的高贵文学境界了，那将是一个自救者最幸运的事情。

有种生活方式叫自救，对你来说那就是文学。在漫漫人生路上，文学照耀了你人生的灯盏，文学实现了你灵魂的自救。多么欣慰保持了清高而远离了庸俗，多么欣慰拥抱了文学而远离了世俗。文学将是你今后生活幸福的船儿，它会载着你生命，划向最终的远方。

自救是今天的，也是永远的，因为迷茫是随时随地会到来的，失落也是会每时每刻会发生的。对你来说，文学将永远是自救的草绳，也是自救的女神。

感动的实质是感激

在散文写作中，我曾多涉随笔，写了些不吐不快的文字。这本作品，就是近二十年来的部分篇章。

一个作家的写作，避免不了受当下境况影响，身边好恶气息会成为作家的情绪，情绪会生成文字。我曾欲写随笔，是有话要说，有太多的话要说。那个阶段，我与那些善良纯真的人一样，有太多的迷茫，有太多的苦闷，有太多的失意，有太多的惊愕，有太多的渴望。只是我的迷茫更多一点罢了，因我在考虑、选择、面临、面对人生重要的转择。这好像是活得太认真的人的通病。活得太清醒的人，起初困惑的折磨会比麻木的人更多一些。也许我是一个拍着脑袋不愿在白天昏睡的人，那就在清醒中苦恼吧。苦闷什么呢，失意什么呢，惊愕什么呢，又渴望什么呢？苦闷在庸俗的生活中度着碌碌无为的时光，失意在被金钱收买的人中难以真诚善良寻找生活的答案，惊愕身边不以为耻反以为荣的人在得意忘形，渴望被丑陋践踏得遍体鳞伤的心灵能够得以慰藉。

何以有这样的苦闷和渴望呢？是在遭遇一个荒诞不经的时期。这个荒诞不经时期的腐败蔓延所助推的精神与道德的沦丧，是对善良人心灵的极大摧残，这也是人生经历中的不幸。一个想保持内心高洁、真诚和善良的人，一个不愿与卑劣、庸俗同流合污和随波逐流的人，必然是苦闷的，失意的，惊愕的，渴望的。

所以，就情不自禁地想说，想叹，想盼。这些文字，是这样心情下的心迹。更多的篇章，是在呼唤善良，高尚，真诚，友爱。这是呐喊，也是渴望。这是我善良、真诚、高尚的内心没有丧失的缘故。

好在这荒诞不经在见底，好在荒诞不经正缓缓回落，好在一个崇尚高尚情怀的时代在缓缓到来。在所盼来的这个时代，是一个高尚情怀拥抱人们的时代，我期待，甚至在梦中也会期待。如果是这样，那我会不再写苦闷与惊愕的文字，或会以幸福的心情写苦闷和惊愕的文字。这样的文字，会是叩问灵魂、追逐大美的文字。对此，我对这个社会充满喜悦，我对未来我的写作心怀憧憬。

一本作品的可贵是真诚，真诚是敢把自己的心打开让人看到底，真诚是让自己的灵魂去说话。这是我写作的“底色”，是根本，是土壤，更是情操的坚守。失去了这些，我将不再写作，即使写了秀美而无魂的文章，那也是缺乏意义的文字。

一本作品，是一个作家刻骨铭心的感动。我为过去的岁月而感慨，也为帮助过我的人而感动。感动的实质是感激。感激生活和朋友们对我的给予。

感谢中国财政经济出版社领导和编辑对这本作品出版的关爱。也由于中国财政经济出版社的重视，樊清玉编审出版了我的前两部散文作品《来去无尘》和《会笑的云》，得到市场上的好评。尤其是出自《来去无尘》的“一位财政部长的两份遗嘱”长篇散文，经2015年2月6日《光明日报》“文荟文化周刊”刊登，引起社会强烈反响，得到几位中央领导同志的高度重视和重要批示。中央各大报刊和中央电视台在重要版面和黄金时段纷纷连续报道，掀起了全社会学习财政部原部长吴波高尚情操的热潮，作品也成为财政系统内外学习吴波的必读书籍和篇章。这无疑是出版社史上的大事情。这与出版社的眼光和责任编辑的精细编辑分不开。长篇散文《来去无尘》已成为奉献给财政人，乃至全社会的一份宝贵精神财富和一部感动人的经典作品，受到了更多人的喜爱，这是出版社的荣誉，也是我的光荣。因而，感激也是情不自禁的。

宁新路

2016年2月　**北京阳光花园**